조정래 대하소설

아리랑

청소년판

조정래 대하소설

아리랑

청소년판

[제3부 어둠의 산하]

조호상 엮음 | 백남원 그림

해냄

| 작가의 말 |

미래의 나침반이며 등불

흔히 학생들이 싫어하는 공부에 꼽히는 것이 수학 다음에 역사다. '연대 외우느라고 머리에 쥐가 난다'는 게 그 이유다. 주입식 암기 교육이 저지른 병폐다. 그건 잘못된 일본식 교육의 잔재인 것이다.

역사교육은 '연대 외우기'가 아니라 '그 흐름의 이해'여야 한다. 이야기로서의 역사 흐름을 이해하게 되면 연대는 부차적으로 기억하게 된다. 그런데 시험문제를 연대 암기식으로 내니 학생들이 역사 공부에 진저리를 칠 수밖에 없다.

또한 역사에 대한 일반적 인식도 문제다. 흔히 역사란 '과거'라고 생각한다. 그것은 '시간'만을 한정해서 생각한 아주 잘못된 인식이다. 시간의 흐름이란 한 줄기로 계속 이어져 흐르는 물의 흐름과 같고, 우리 인간들의 생명의 흐름도 그와 다를 게 없다. 따라서 나는 아버지로부터 왔고, 아버지는 할아버지로부터 왔다는 이 쉽고 평범한 사실을 명심하는 것, 그것이 역사 인식의 기본이다. 그러므로 어제는 오늘의 아버지이고, 내일은 오늘의 아들인 것이다. 이 필연적 연속성에 의해 역사는 '지나가 버린 과거'가 아니고 '살아 있는 현재'이며 '다가올 미래'인 것이다. 그래서 역사는 오늘의 좌표를 설정하는 교훈이고, 문제 해결의 방법을 알려 주는 열쇠가 된다. 또한 역사는 미래를 가리키는 나침반인 동시에 미래를 밝혀 주는 등불인 것이다.

우리 한반도는 강대국들 사이에 끼어 있는 작은 땅이다. 우리가 하필 이 작은 땅에 태어나, 살다가, 여기에 뼈를 묻어야 하는 건 우리의 힘으로는 어찌할 도리가 없는 우리의 운명이고 숙명이다. 이 작은 땅, 약한 나라라서 5천여 년 동안에 크고 작은 외침을 931번이나 당했고, 끝내는 일본에게 나라를 빼앗기는 굴욕을 당하고 말았다.

‘과거를 기억하지 못하는 사람은 그 과거를 되풀이한다.’ 철학자 조지 산타야나의 말이다. ‘역사를 망각하는 민족에게는 미래가 없다.’ 독립투사 단재 신채호 선생의 말이다. 치욕스러운 역사일수록 똑똑하게 기억해야만 하는 이유가 거기에 있다. 그래서 나는 일제 강점기의 굴욕과 핍박과 저항을 『아리랑』에 썼다.

그런데 그 이야기가 너무 길어 공부도 벅찬 학생들에게 꽤나 부담이 될 것 같았다. 그래서 좀 가볍고 쉽게 읽을 수 있도록 ‘청소년판’을 새로 엮게 되었다. 아무쪼록 우리 민족의 역사를 이해하는 데 청소년 여러분들의 친근한 벗이 되기를 바란다.

광복 70년, 분단 70년에

조정래

차례

제3부 어둠의 산하

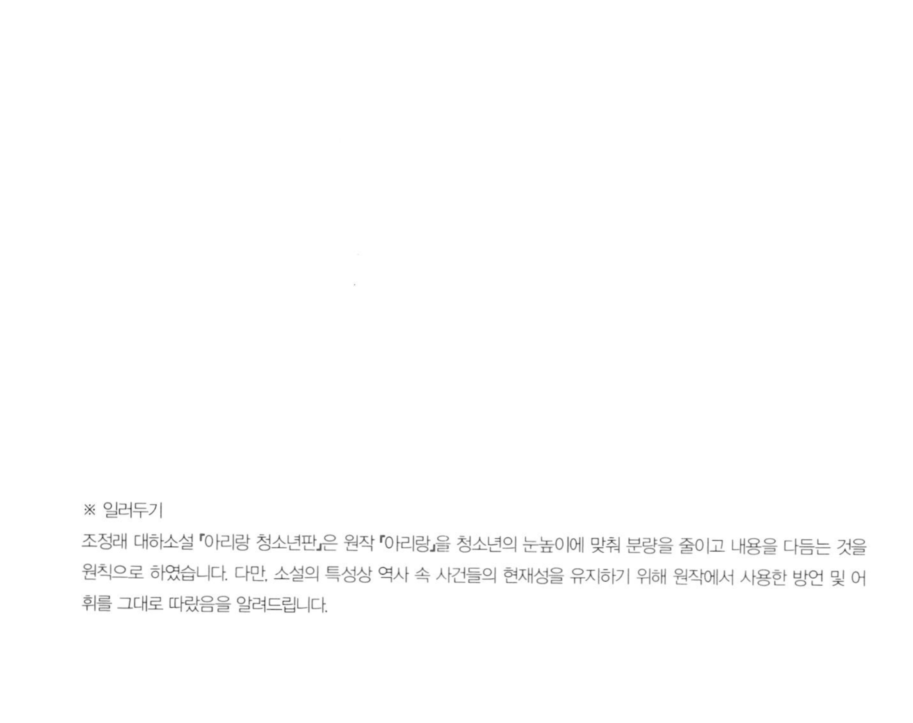

※ 일러두기

조정래 대하소설 『아리랑 청소년판』은 원작 『아리랑』을 청소년의 눈높이에 맞춰 분량을 줄이고 내용을 다듬는 것을 원칙으로 하였습니다. 다만, 소설의 특성상 역사 속 사건들의 현재성을 유지하기 위해 원작에서 사용한 방언 및 어휘를 그대로 따랐음을 알려드립니다.

1

또 하나의 음모

"요시다 지배인님 드시는구만이라우."

밖에서 사내의 다급한 목소리가 울렸다. 방 안에 앉아 있던 예닐곱 명의 남자들이 튕기듯 일어나 밖으로 나갔다. 양복을 입은 요시다가 마당을 가로질러 왔고, 그 뒤에는 어김없이 다리를 절룩거리는 이동만이 따르고 있었다.

"지배인님, 어서 오십시오."

누군가가 어색한 일본말로 인사했다. 요시다는 그들을 거들떠보지도 않고 대청으로 올라섰다.

"어찌 되았어?"

이동만이 그들 가운데 한 사람에게 재빨리 속삭였다.

"채비 다 끝냈구만이라우."

그 남자도 빠르게 속삭였다.

그때 기생이 머리를 매만지며 종종걸음으로 다가왔다.

"얼른 안으로 들어가 봐."

남자가 기생의 어깨를 밀었다.

기생은 요시다 앞에 나부시 절을 올렸다.

"지배인님 시장허신디 얼른얼른 상 차려 와."

이동만이 손을 까불어 댔다.

그때까지 예닐곱 명의 남자들은 손을 앞으로 모아 잡고 방 가장자리에 둘러서 있었다.

"자네들 그리 앉드라고."

이동만이 턱짓을 했다.

불이농장의 농감이거나 간척지의 감독인 그들은 눈치를 보며 자리를 잡았다.

곧 안주가 그득그득 놓인 술상 두 개가 잇따라 들어왔다.

"지배인님 생신을 축하드립니다. 저희들이 이것을……."

이동만이 요시다 앞에 빨간 종이로 싼 것을 내밀었다.

"뭐 술상을 차렸으면 됐지……."

요시다는 무표정하게 중얼거리고는, "이게 뭔가?" 하고 물었다.

"아 예, 복 많이 받으시라고 금돼지를 장만했습니다."

"금돼지? 이거 지나치게 쓴 거 아닌가? 자, 다들 한 잔씩 들지."

요시다는 너털웃음을 터뜨리며 술잔을 들었다.

"그런데…… 요새 공사장은 어떤가?"

술잔을 내려놓으며 요시다가 왼쪽으로 눈길을 돌렸다.

"노동자들 속에 심어 둔 끈들이 계속 활동하고 있습니다. 헌데 아무 이상이 없습니다."

한 남자가 말에 힘을 주었다.

"지난번에도 말했지만 소작인들보다 노동자라는 것들이 더 문제야. 조선에도 작년에 조선노동공제회가 생겼으니 우리도 방심해선 안 된다 그 말이야. 노동공제회 놈들은 다 일본에서 사회주의 빨간 물 먹었고, 그놈들이 생긴 지 벌써 1년이니 우리 공사장에도 손을 뻗칠 때가 됐다는 걸 명심해."

"예, 예, 명심하겠습니다."

그 남자가 힘 있게 대답하며 일본식으로 두 번 세 번 머리를 조아렸다.

"지배인님, 제가 한 잔 올리겠습니다."

이동만이 술 주전자를 들었다.

"그래, 자네들도 수고 많았으니 맘 놓고 마시도록 하게."

요시다는 술잔을 들며 마치 자기가 사는 술이라도 되는 양 말 인심을 썼다.

"에에 또, 술들 취하기 전에 한마디 더 하겠는데, 총독부에서 작년 12월에 산미증식계획을 발표했으니 금년이 첫해일세. 우리 불이흥업주식회사에서는 총독부의 산미증식계획에 앞서 간척 사업을 시작했으니 총독부 정책에 이미 잘 따르고 있는 셈이지만, 앞으로 더 박차를 가해서 우리 불이농장의 능력이 얼마나 큰지 내보여야 하네. 우리 불이농장은 조선에서 가장 큰 농장이야. 거기에 계획대로 내년 말까지 개간을 마치면 누구도 따라올 수 없는 거대한 농장이 되는 거야. 그렇게 되면 자네들은 평생 편히 살게 되네. 하지만 일을 계획대로 추진하지 못하면 어떻게 될지는 더 말하지 않아도 잘들 알겠지?"

요시다가 매서운 눈길로 부하들을 둘러보았다.

"예, 명심하겠습니다."

잔뜩 긴장한 그들은 맹세라도 하듯 제각기 머리를 조아렸다.

불이흥업에서 추진하고 있는 간척 사업은 옥구군 해변에서 벌어지고 있었다. 밀물과 썰물의 차이가 심한 서해안은 밀물일 때는 보이지 않던 뻘밭이 썰물이 되면 몇 십 리 길이로 드러났다. 불이흥업은 작년에 그 뻘밭을 농토로 만들 많은 인부를 모집했다. 그들은 세 가지 좋은 조건을 내걸었다.

첫째, 영구 소작권을 준다. 둘째, 개간비를 따로 지불한다. 셋째, 소작료를 3년간 면제한다.

논밭도 없고 소작도 없는 농민들에게는 너무나 좋은 조건이었다. 인부는 쉽게 모아졌다. 외리와 내촌에서도 네댓 명이 나섰다. 외리의 남상명도 나섰고, 3·1 만세 때 죽은 내촌의 김춘배의 아들 장섭이도 나섰다.

간척지로 모여든 인부는 3천 명이 넘었다.

그런데 공사가 시작되고 두 달이 지나면서 문제가 생겼다. 한 달에 10원씩 주기로 한 개간비를 지불하지 않은 것이었다.

"요것들이 우리 홀릴라고 애초에 거짓말헌 것이 아닐랑가?"

"글쎄, 이 많은 사람들 놓고 그러기야 허겄어?"

"무슨 태평스런 소리여? 나라를 생짜로 집어먹은 놈들인데 우리 돈 떼먹기야 손바닥 뒤집기제."

"아니, 뻘밭에서 뼈 빠지게 일해서 소금기 배어 오르는 논 소작 부치자고 이 짓을 혀? 똥장군맨치로 입을 닫고 있을 일이 아니여."

"그러기는 헌디, 어째야 헐꼬?"

그들은 이 대목에서 말이 막히고는 했다. 막상 누가 앞장서 따지고 나서려 하지 않았다.

그러나 많은 사람의 불만이 감독들 귀에 들어가지 않을 리 없었다.

"개간비를 안 준다고 뒤에서 불평들이 많은 모양인데, 개간비는 안 주는 것이 아니라 좀 늦어지는 것이다. 공사비가 너무 많이

들어서 돈이 약간 달리기 때문이다. 여유가 생기는 대로 개간비는 줄 것이다. 모두 쓸데없는 불평하다가 쫓겨나지 말고 3년 뒤면 영구 소작권을 얻는다는 것을 생각하면서 참고 기다려라."

인부들을 모아 놓고 한 요시다의 연설이었다.

3천 명이 넘는 인부들은 그에 맞서 말 한마디 하지 못했다.

한 달이 또 지나 석 달이 꽉 차서야 임금이 나왔다. 그런데 지급된 임금은 30원이 아니라 11원이었다. 한 달 식비 3원씩, 석 달치 9원을 떼고 나머지 21원에서 10원은 또 뒤로 미룬다는 것이었다.

사람들은 10원을 뒤로 미룬 것도 미룬 것이지만 생각지도 못했던 밥값을 뗀 것에 분통을 터뜨렸다.

"아니, 밥은 공짜로 먹여 주는 척허등마 요것이 무슨 도적놈 심보여."

"요런 날도적놈들. 깡보리밥에 짠지만 먹여 놓고 무슨 밥값이 3원씩이여?"

말을 할수록 사람들은 점점 더 분이 부풀어 올랐다.

그러나 그 분도 가라앉혀야 했다. 감독들이 나서서 해명인지 으름장인지 모를 말을 했던 것이다.

"아니, 밥은 그냥 되나? 나무를 때야 밥이 되고, 사람이 일을 해야 밥이 되지 않겄어? 그 장작 값은 어디서 나오고, 일허는 여자들 품삯은 어디서 나오는 것이여? 앞뒤 생각도 안 해 보고 무슨 잔말들이 그리 많어!"

사람들은 그 말 앞에서 벙어리가 될 수밖에 없었다.

감독들을 그렇게 재빨리 나서게 한 것은 이동만이었다. 그에게는 식비 때문에 말썽이 일어나서는 안 될 비밀이 있었다.

이동만은 인부들의 취사를 혼자 처리하고 있었다. 요시다는 인부들의 노임에서 나가는 식비에는 관심이 없었기 때문이다. 이동만은 그 틈을 타서 마음대로 돈을 빼돌렸다. 그는 식량과 부식, 장작을 사들이는 데까지 알뜰하게 돈을 붙여 먹었다. 또 상인들에게도 따로 뒷돈을 받아 챙겼다. 3년 예정인 간척 사업에서 벌어들일 돈도 엄청난데, 그 돈으로 고리채를 놓을 생각까지 했다. 그런 마당에 인부들이 말썽을 일으키면 그처럼 고약한 일도 없었다.

"자네들 농감 자리 안 놓칠려면 그놈들 꼼짝 못하게 닦달혀."

이동만은 감독들을 몰아쳤다.

인부들은 또 참고 기다리며 쉬는 날 없이 꼬박 한 달을 중노동으로 채웠다. 그런데 밥값을 뗀 임금이 7원인데 4원밖에 나오지 않았다.

"맡겨 놓는다고 돈이 썩는 것이여 닳는 것이여? 맘들 탁 놓고 회사 사정이 풀릴 때까지 기다려."

감독들의 말이었다.

사람들은 기가 막혔다. 그 돈으로는 처자식의 굶주림을 막을 수조차 없었다.

"요런 사람 잡을 놈들이 있능가? 제삿날 잘 먹자고 석 달 열흘 굶을 것이여? 안 되겄구만, 여길 떠야제."

"미선소 여자들이 받는 월급이 13원이 넘고, 어리디 어린 관청 소사들이 받는 월급이 15원이 넘는 판이여. 근디 뻘밭 일을 허면서도 고작 10원이고, 거기서 또 밥값 떼고, 그나마 제때 주지도 않으니 어떤 넋 빠진 놈이 요런 짓을 허겄어? 가드라고, 날품팔이 신세가 더 나은게."

날품팔이하던 사람들이 마침내 반발하고 나섰다.

그들이 밀린 임금을 달라고 요구하자 곧바로 총을 든 경찰이 나타났다. 그들은 잡초 뽑히듯 공사장에서 쫓겨나고 말았다.

"아재, 우리가 잘못 왔능갑소. 이대로 가면 우리 밀린 돈도 영락없이 떼이게 생겼소."

김장섭이 한숨을 토했다.

"그러기야 헐라능가, 눈이 있고 귀가 있는디. 저 사람들을 안 쫓아내면 다들 들고일어날까 봐 저러는 것일겨. 너무 걱정 마소."

남상명은 김장섭의 어깨를 다독거리며 말했다. 그 말은 자신의 가슴속에 도사리고 있는 불안감을 씻어 내려는 것이기도 했다.

밀린 돈이 다달이 늘어 가면서 해가 바뀌고, 공사가 시작된 지도 1년이 다 되어 가고 있었다.

뻘밭을 농토로 만드는 가장 중요한 일은 바닷물 막기였다. 그 방죽 쌓기는 동쪽과 서쪽에서 동시에 이루어지고 있었다. 양쪽에서 뻗어 나가고 있는 방죽이 하나로 이어지게 되면 그 안에 갇힐 뻘밭은 2,500정보, 750만 평이었다.

방죽은 3분의 1쯤 쌓여 있었다. 남상명네 조는 오늘부터 방죽의 양쪽 돌벽이 높아짐에 따라 자갈과 흙을 뒤섞어 다지는 일을 하게 되었다.

"아재, 기운 쓰지 말고 설렁설렁 시늉만 허란 말이오."

김장섭은 불끈불끈 기운을 쓰며 남상명에게 눈짓했다.

"알겄네. 자네나 너무 기운 빼지 말어. 그러다 허리 다치겄어."

남상명은 한기팔과 김장섭에게 짐이 되지 않으려고 힘을 쓸 만큼 쓰고 있었다.

점심때가 되었는데 종소리가 울리지 않고 사방에서 감독들의 호루라기 소리가 울렸다.

"집합이여, 집합! 얼른얼른 공터로 모여!"

조장들이 손나팔을 입에 대고 외쳤다.

인부들은 일손을 놓고 모두 공터로 발길을 옮겼다.

인부들이 다 모이자 요시다가 높직한 돌더미 위로 올라섰다.

"에에 또, 아직 모르고 있는 사람이 많겠지만, 조선총독부에서는 산미증식계획을 수립하고 그 정책을 실행하고 있다. 우리도 그 정책에 적극 따라야 하므로 내일부터 하루에 두 시간씩 더 일하도록 한다. 다들 알아들었나!"

요시다는 오랜 세월 조선 사람을 소작인으로 부려 온 사람답게 조선말에 거침이 없었다.

"거 산미 뭣인가 허는 말이 뭐다요?"

누군가가 목청 드높게 소리쳤다. 그 외침을 따라 인부들이 웅성거렸다.

"에에 또, 산미증식계획이란 쌀을 더욱 많이 수확하자는 것이다. 그러기 위해 조선총독부에서는 앞으로 농토를 많이 늘리기로 했다. 그 계획이 바로 지금 우리가 벌이고 있는 간척 사업이다. 그뿐 아니라 홍수와 가뭄 피해를 미리 막아 쌀을 더 많이 수확하기 위해 수리 사업도 벌일 것이다. 조선총독부에서 왜 그런 일을 할까? 사이토 총독 각하께서는 조선 사람들이 마음 편히 살 수 있도록 문화정치를 하신 자애로운 분이다. 총독 각하께서는 그것으로 멈추지 않으시고 조선 사람들이 배불리 먹고살게 하려고 바로 산미증식계획을 세우신 것이다. 이 얼마나 고마우신가! 제군들은 총독 각하의 그 고마우신 뜻을 받들어 더욱 열성으로 일해야 한다. 제군들이 열성으로 일을 하면 그만큼 빨리 원하는 농토를 갖게 되는 것이다. 농토를 하루라도 더 빨리 갖기를 원하지 않는 자들은 오늘 당장 공사장을 떠나라!"

요시다는 모인 인부들을 천천히 훑어 나갔다. 그의 싸늘하고 매서운 눈길 아래 정적만 흘렀다. 그는 아래로 내려오며 명령했다.

"좋아, 해산시켜라."

그때서야 점심때를 알리는 종소리가 딸랑딸랑 울렸다.

조선 사람을 위해 산미증식계획을 추진한다는 요시다의 말은 물론 거짓말이었다. 일본의 식량 부족을 해결하기 위해 세운 계획일 뿐이었다. 일본에서는 제1차 세계대전을 계기로 공업 생산력은 급속히 발전한 반면 농업생산력은 급격히 떨어졌다.

그 결과 3년 전인 1918년에 쌀폭동이 일어났던 것이다. 공업 생산력을 계속 늘리면서 모자라는 쌀을 손쉽게 충당할 수 있는 곳이 바로 식민지 조선이었다.

이미 토지조사사업으로 많은 농토를 빼앗아 놓았겠다, 값싼 노동력은 얼마든지 있겠다, 그보다 더 좋은 식량 공급지는 없었다. 그런데 요시다는 총독부의 그 정책을 끌어다가 자기네 회사의 사업에 이용하고 들었던 것이다.

2

새 길을 열어라

4월 한낮의 들녘은 아지랑이로 가득 차 있었다. 아지랑이 속에 유별나게 고운 꽃밭이 들녘 여기저기 펼쳐져 있었다. 자운영 꽃밭이었다.

“이려, 이려!”

차득보는 소를 몰며 하늘을 힐끗 올려다보았다. 머리 위로 옮겨 와 있는 해를 따라 배가 출출했다.

“요것 좀 받아 줄랑게라?”

마침 등 뒤에서 들린 여자 목소리였다. 차득보는 후딱 고개를 돌렸다. 논두렁에 월엽이가 광주리를 이고 서 있었다. 차득보는 쟁기야 넘어지든 말든 논을 가로질러 뛰기 시작했다.

"호, 혼자서 어쩐 일이다요?"

차득보는 광주리를 받아 내리며 물었다.

"엄니도 아부지랑 전주에 가셔서 안 계시는구만요."

월엽이가 사르르 웃으며 손등으로 이마를 훔쳤다.

"아니, 아짐씨도 행차를 허셔라?"

차득보는 뜻밖이라는 얼굴로 월엽이를 바라보았다. 월엽이와 눈이 마주치는 순간 그는 또 가슴이 찌릿 울렸다. 당황스러워 눈길을 돌렸다.

"야아, 그래야 사돈댁에 제대로 인사 차리는 것이 된다등마요. 시장헌디 얼른 드시게라."

월엽이는 광주리에서 보자기를 걷었다.

"야아, 요 무거운 것을……."

차득보는 광주리 옆으로 다가앉으며 말을 얼버무렸다. 이 무거운 것을 이고 오느라 얼마나 힘들었느냐는 말이 입 밖으로 나오지 않았다.

그때 소가 커다란 소리로 울며 몸을 흔들어 댔다. 멍에와 봇줄이 따라서 흔들렸다.

"아이고메, 저 쟁기 풀어 줘야 쓰겄소."

월엽이가 눈치 빠르게 말했다.

"요런, 이놈의 정신 좀 보소."

차득보는 멋쩍은 얼굴로 뒷머리를 긁적이고는 "그려, 니도 먹어야 살겄다 그것이제. 미안타, 기다려라." 하고 타령조 가락을 붙이며 자운영 꽃밭을 무질러 갔다.

월엽이는 그런 차득보의 건장한 뒷모습을 살짝 훔쳐보고는 얼굴이 화끈해져 얼른 고개를 돌렸다.

월엽이는 언제부턴가 차득보가 자신을 남다르게 대한다는 걸 느끼고 있었다. 그러나 모르는 척했다. 차득보의 이도저도 아닌 처지가 마음에 걸렸던 것이다.

차득보는 머슴도 아니고 손님도 아니었다. 그러면서 2년이 다 되도록 한솥밥을 먹으며 살고 있었다. 그는 낮에는 아버지를 따라 농사일을 돕고 밤에는 공부를 했다. 그러나 동네 사람들은 그를 머슴으로 대했다.

"아이고, 뱃속에 동냥아치가 들었다냐 어쩐다냐? 어째 이리 배가 고파."

차득보는 둘이만 마주하게 된 어색함을 없애려고 일부러 혼잣말을 하며 논두렁으로 올라섰다.

차득보는 광주리에서 술이 든 호리병부터 집어 막걸리 두 사발을 연거푸 비웠다. 그리고 느긋한 기분으로 월엽이를 바라보았다. 월엽이는 등을 돌리고 앉아 자운영 꽃을 따고 있었다.

그 다소곳하면서도 암팡진 모습이 너무나 아리따웠다. 그러나 눈앞에 스승 신세호의 엄한 모습이 떠오르면서 가슴에 찬바람이 끼쳐 왔다.

"그 흔허디 흔헌 꽃을 뭐헐라고 따고 그러요?"

차득보는 그 찬바람을 막아 내려는 것처럼 월엽이에게 말을 걸었다.

"그냥 땅에 묻히는 게 아깝고 짠헌게라. 다른 꽃들은 안 그런디……."

월엽이는 뒤돌아보지 않고 그냥 꽃을 따면서 대꾸했다.

"자운영이야 애초에 거름에나 쓰일 팔자니 별수 있간디요?"

차득보는 뚱하니 말하면서도 자운영 꽃이 땅에 묻히는 것을 가엾어하는 월엽이의 고운 마음을 새롭게 느끼고 있었다.

차득보는 밥을 먹으며 다른 생각에 빠져들었다. 댕기도 새것으로 사 주고 싶고, 빗도 사 주고 싶고, 거울에 고무신도 사 주고 싶었다. 그러나 야속하게도 돈이라고는 한 푼도 없었다.

문득 공허 스님이 야속했다. 사람 노릇을 하려면 글을 배우고 농사도 배워야 한다고 했다. 2년 동안 농사를 열성으로 지었지만 돈은 구경할 수 없었다.

'공허 스님이 1년에 쌀 두세 말 정도만 용돈으로 주라고 했다면 얼마나 좋았을까?'

그러나 신세호 선생님에게 글 값은 한 푼도 안 내면서 그런 욕

심을 부리는 것은 도리가 아니었다.

"아이고, 잘 먹었다. 배 터지네."

차득보는 배를 쓸며 트림을 했다.

월엽이는 꽃따기를 멈추고 곧 돌아섰다. 왼손에는 빨간 꽃을 가득 들고 있는 월엽이의 얼굴에도 꽃처럼 밝은 웃음이 담겨 있었다.

월엽이는 광주리를 이고 일어섰다. 차득보는 자욱한 아지랑이 속으로 멀어지는 월엽이를 넋 놓고 바라보며 올라가지 못할 나무는 쳐다보지 말라는 말을 곱씹었다. 그러나 열 번 찍어서 안 넘어가는 나무 없다는 말도 있었다. 차득보는 뒷말이 더 옳다고 생각했다. 그러나 월엽이와 짝이 되기에 자신은 모자라는 게 너무나 많았다.

공허 스님에게 말하면 주막을 찾아가 여동생 일을 해치우듯 이 일도 속 시원히 풀어줄지 모른다는 생각도 들었다.

주막을 찾아간 일은 지금 생각해도 속이 후련했다. 몇 년 사이에 더 살이 찌고 개기름이 지르르 흐르는 주모는 득보와 옥녀를 모른다고 몇 번이고 잡아뗐다.

"요런 불지옥에 떨어질 못된 인종아, 밥허고 술이나 고이 팔아 먹고살 일이제 부모 없는 불쌍헌 아그들 꾀어다가 팔아먹는 천하에 못된 짓을 어디서 배워 먹었냐? 그리고 바로 그 사람이 눈앞에 있는디 모른다고 잡아떼? 에라, 이 잡것!"

화가 난 공허는 주모의 머리채를 낚아챘다.

"아이고메, 중놈이 사람 잡네에!"

주모는 있는 힘껏 소리를 질러 댔다.

"오냐, 더 소리 질러라. 나는 못된 인종 죽이기를 예사로 허는 중이다. 안 뒈질라면 얼른 말혀! 옥녀 어디다 팔아먹었어!"

공허는 주모의 머리채를 휘둘러 댔다.

주모는 죽는소리를 하고, 아침이 지난 때라 손님은 없고, 부엌데기 여자는 어쩔 줄 몰라 행주치마를 쥐어짜며 발을 동동거렸다. 그때 사립을 들어서던 개가 으르렁거렸다.

"워리, 워리, 물어라! 이놈 물어!"

주모가 개에게 손짓하며 외쳤다. 그러자 개는 우왕 사납게 짖으며 공허에게 뛰어올랐다.

공허는 주모의 머리채를 놓고는 재발리 마루 밑에 쟁여 놓은 장작개비 하나를 빼 휘둘렀다. 개는 숨넘어가는 소리를 지르며 마당에 곤두박였다.

"니년도 저리 골통이 깨지고 싶겄제?"

공허는 장작개비를 들고 토방으로 올라서며 싸늘하게 내뱉었다.

"아이고, 잘못혔구만이라. 다 말허겄구만이라. 떠돌이 놀이 패헌티 넘겼는디, 지금은 어디 있는지 모르는구만이라우."

"하, 요런 백여시가 앞 막음 먼저 허는 것 보소. 니년이 모르면 누가 알어! 옥녀 갸가 누군지 아냐? 내 조카여. 갸를 안 찾아내면 니년이 죽어. 알겄어!"

공허는 갑자기 빽 소리를 지르며 장작개비로 마루를 쳤다.

"야아, 야아, 명심허겄구만이라우."

주모는 와들와들 떨었다.

"인제 더 떠돌아댕길 것 없다. 동생은 찾게 될 것이고, 니도 나이 먹었응게 사람값 허고 살아야 헐 것 아니겄냐? 내가 시키는 대로 혀라."

주막을 나선 공허가 득보의 어깨를 어루만지며 말했다.

차득보는 그때부터 월엽이네 집에서 살게 되었다. 그동안 공허 스님은 옥녀 소식을 두 차례 가지고 왔다. 경상도 진주 근방에서 놀이 패에 끼어 있는 것을 본 사람이 있다고 했고, 그다음에는 전라도 어딘가로 소리 공부를 하러 들어갔다는 것이었다.

차득보는 공허 스님만 생각하면 그 고마움에 가슴이 저려 왔다. 여동생이 살아 있다는 소식만으로도 이미 찾은 것이나 다름없다고 생각했다.

한편, 신세호는 2년형을 살고 감옥에서 나오는 사위를 맞으러 전주로 갔다. 송중원은 만세 운동을 주도한 동료들과 함께 상해로 빠져나가고 싶어 했다. 그러나 아들마저 중국 땅으로 보내고 싫어 하지 않는 어머니의 반대로 뜻을 굽힐 수밖에 없었다.

그래서 신세호는 공허에게 부탁해 사위를 깊은 산 절로 피신시키기로 했다. 그러나 그보다 먼저 경찰의 손이 뻗치고 말았다.

형무소 앞에는 많은 사람들이 모여 있었다. 신세호는 사람들 사이에 아이를 업고 서 있는 딸 하엽이를 물끄러미 바라보았다. 누구보다 마음고생 몸 고생이 컸던 하엽이였다.

"옥문이 열렸네에!"

"저기 사람들이 나오는구마!"

이런 소리와 함께 사람들이 형무소 철문 앞으로 와르르 몰려갔다. 그 틈바구니를 송중원의 어머니 안 씨가 헤쳐 나아갔고 그 뒤를 아이 업은 하엽이가 따랐다. 그리고 신세호의 아내 김 씨는 외손자를 보호하려는 듯 딸 하엽이 뒤에 바짝 붙어 서 있었다.

신세호도 사람들 사이에 섞여 걸음을 옮겼다.

"중원아, 아니, 아범아!"

문 앞에 바짝 붙어 있던 안 씨가 아들 손을 덥석 잡았다.

"예, 어무님……."

송중원은 핏기 없이 핼쑥한 얼굴에 웃음을 지으며 인사를 하고는, "빙장 어른, 아니 빙모님까지……." 하며 장모까지 마중 나온 것을 알고는 놀랐다.

"아나, 니 얼른 요것 먹어라."

안 씨가 아들에게 큼직한 두부를 내밀었다.

송중원이 눈살을 찌푸렸다.

"아니다, 다들 허는 대로 따르는 것이 좋은 일이다."

신세호는 사위에게 눈짓하며 말했다. 어머니의 마음을 상하게 하지 말라는 장인의 눈짓말을 알아들은 송중원은 두부를 받아들어 듬뿍 베 물었다. 그때 안 씨는 아들의 머리 위에 넓게 소금을 뿌렸다. 그 얼굴이 숙연하고도 간절했다.

"인제 니 아들을 봐야제. 쟈가 니 아들 준혁이여."

안 씨가 밝아진 얼굴로 그때까지 뒤로 물러나 있던 하엽이 쪽으로 아들을 끌었다.

"아, 예에…… 거 뭐……."

입가에 묻은 두부 부스러기를 손등으로 문지르며 송중원은 쑥스러워했다. 하엽이도 가까이 다가서지 않고 머뭇머뭇하고 있었다.

"자, 어디 가서 요기부터 허세."

신세호는 사위를 이끌었다. 젊은 날의 자신의 경험으로 미루어 그는 사위의 쑥스러움을 이해하고 있었다.

"얼굴이 영 안됐는디, 어디 아픈 데는 없다냐?"

안 씨가 핏기 없는 아들의 얼굴을 살피며 불안해했다.

"예, 아픈 데 없구만요."

송중원은 어머니에게 짧게 대꾸하고는, "만주에서는 무슨 소식 있는가요?" 하고 장인에게 말을 걸었다. 그는 아버지 송수익의 소식을 묻고 있었다.

"공허 스님이 그동안 두 번 다녀오셨는디 뵙지 못했다네. 공허 스님 말로는 부대가 다 아라사 땅 연해주로 옮겼다고 허데. 너무 걱정 안 해도 될 것이네."

신세호는 사위를 바라보며 자신 있게 말했다.

"예…… 무사허셔야 될 것인디요."

송중원은 고개를 주억거리며 먼 하늘로 눈길을 보냈다.

"감옥 안에도 만주에서 독립군이 일으킨 전쟁 얘기가 떠돌았구만요."

점심을 먹고 밥집을 나서며 송중원이 꺼낸 말이었다.

"으음, 그랬는가……. 자네가 갇힌 다음에 그쪽 사정이 어찌 됐능고 허니……."

신세호는 공허한테서 전해 들은 이야기를 간추려서 해 나갔다.

"……그럼 아부님도 연해주로 이동허신 것으로 봐야 허능가요?"

장인의 이야기를 묵묵히 다 듣고 난 송중원의 물음이었다.

"그리 생각허는 것이 좋겄제. 공허 스님도 그리 생각허시데."

송중원은 가늘게 한숨을 내쉬며 더 말이 없었다. 그는 한동안 걷다가 입을 열었다.

"그럼 인제 그쪽에는 아무도 없고, 그 땅도 이놈들 차지가 되어 버린 것인가요?"

송중원은 만주며 독립군, 왜놈들 같은 말을 다 감추고 말했다.

"아니시, 이놈들도 그 땅을 차지허지 못허고 군대를 도로 조선 땅으로 빼냈네."

"아, 그리됐구만요. 그러면 얼마든지 가망이 있는디요."

송중원의 얼굴이 밝아지면서 목소리에 생기가 돌았다.

신세호는 그만 가슴이 철렁했다. 사위는 만주로 가고 싶어 하는 것이었다.

"자네는 얼마 동안 쉬었다가 일본으로 뜨도록 허소."

신세호는 명령하듯 말했다. 마음이 급해 사위의 의사를 묻고 어쩌고 할 겨를이 없었다.

"예에? 일본으로 뜨다니요?"

송중원은 걸음을 멈출 만큼 놀랐다.

"놀랄 것 없네. 유학을 떠나라는 것잉게."

신세호의 말투에 무게가 실려 있었다.

"집안 형편이 일본에 유학가기는 어려운디요. 동생도 있고……."

"그런 걱정은 안 해도 되네. 나도 힘을 보탤 것잉게."

"아니구만요, 그리는 못 허겄구만요."

송중원은 완강하게 고개를 내저었다.

"그려, 내가 손수 농사를 짓고 사는 형편이라 맘이 쓰이겄제. 허나 자네 춘부장 어른께서 저쪽으로 뜨신 후로 혼자 편케 살아서는 안 된다고 생각혔고, 또 자네 집안을 돕기로 맘먹었네. 자네가 내 사위가 아니어도 나는 자네 학비를 보탰을 것이여. 헌디 사위가 됐으니 두말헐 것이 있겄는가? 자네 자당님허고도 상의를 끝낸 일이니 자네는 새 맘으로 공부에 나서도록 허게."

송중원은 더 할 말이 없었다. 어머니까지 뜻을 모았다면 어쩔 수 없는 일이었다.

"아니, 요것이 중원이 아니라고? 나 재균이야, 김재균이."

송중원은 생각에서 깨어나며 고개를 들었다. 멋 부린 차림새의 젊은이가 웃고 있었다.

"이, 재균이. 어쩐 일이여? 너무 변해서 어디 알아보겄나?"

송중원이 반갑게 상대방의 모습을 다시 훑어보았다.

"자네 그동안 어디 있었능가? 어디가 아픈 것이여?"

김재균이란 사내도 송중원을 훑고 있었다.

"어디 있기는. 시방 형무소에서 풀려나오는 길이제."

송중원은 김재균의 물음이 순간적으로 불쾌했다.

"그럼 그때 일로 2년이나 징역살이를 했다는 것이여?"

김재균은 놀란 얼굴이었다. 송중원은 그 무관심에 맥이 빠져서 대꾸할 말이 없었다. 같이 학교를 다녔고, 만세 운동을 주도하지는 않았지만 시위에 참여했던 자가 어찌 저럴 수 있을까 싶었다.

"자넨 뭘 허나?"

송중원은 할 말이 마땅찮아 그저 형식적으로 물었다.

"이, 보통학교 선생질 허네."

김재균이 웃으며 대답했다.

"보통학교 선생?"

송중원의 목소리가 싸늘하게 치올라 갔다.

"자넨 되지도 않을 일로 헛고생만 헌 것이여. 그놈의 만세 불러 달라진 것이 뭐가 있능가? 자네도 인제 정신 차리소."

김재균은 부끄러워하기는커녕 사뭇 훈계조였다.

'이런 죽일 놈이 있나!'

송중원은 분노했다. 분노대로 하자면 그 낯짝에 침을 뱉어야 했다. 그러나 그는 이미 돌이킬 수 없는 친일파였다. 아니, 바로 정보원이고 끄나풀이었다.

"저기 식구들이 기다리네. 또 만나세."

송중원은 여유롭게 웃으며 돌아섰다.

"어른께서 어려운 일 매듭을 풀어 주셨구만요. 참말로 고마워서……."

아들이 일본 유학을 떠나기로 했다는 것이 반가워 안 씨는 눈물까지 글썽였다.

“아직 모르는 척허시는 것이 어떨까 싶구만요.”

아는 사람과 헤어져 이쪽으로 걸어오는 사위를 보며 신세호가 말했다.

“예, 그래야지요.”

안 씨가 빠르게 대꾸했다.

아이를 업은 하엽이는 고개를 숙인 채 남몰래 한숨지었다. 혼인을 한 뒤로 한 달을 제대로 함께 지내지 못한 남편이었다. 그런데 또 일본으로 떠나면……, 하엽이는 아롱거리는 아지랑이를 보고 있으면서도 가슴에는 낙엽 지는 찬바람을 맞고 있었다.

3

알 수 없는 소문

"저, 그 소문이 어찌 된 것이다요?"

수국이가 밥상을 놓으며 물었다.

"무슨 소문?"

양치성이 웃음 벙글거리는 얼굴로 수국이를 바라보며 되물었다.

"아, 연해주로 피해 간 독립군들이 아라사 군대헌티 총질 당혀서 수없이 죽고 잡혔다는 소문도 못 들었소?"

수국이의 얼굴에 화가 돋아났다.

"이, 그 소문 들었제. 근디?"

양치성은 수국이의 눈치를 살폈다.

"참말로, 그 소문 듣고도 생각나는 사람이 없어서 그리 묻소?

밤낮 나만 생각허면서 산다는 말이 다 헛소리구만이라."

수국이는 맵게 쏘며 방바닥에 주저앉았다.

"남 속도 모르고 무슨 억지소리여. 나도 속으로 처남 걱정을 태산같이 허고 있는 사람이여."

양치성은 뒤늦게 수국이의 마음을 알아차리고는 아차 당황했다. 그러나 그는 잽싸게 덫을 건너뛰며 능청스럽게 도배질을 했다.

"처남이야 원체로 몸이 날래고 똑똑헝게 별일 없을 것잉마."

양치성은 수국이를 바라보며 위로의 말을 했다. 그러나 그는 러시아 땅 자유시에서 러시아 적군이 독립군을 공격한 것을 더없이 통쾌해하고 있었다.

"근디 거기서 살아난 독립군들이 만주 땅으로 들어오고 있다는 소문도 들었제라? 장사허러 댕기면서 혹시 그런 사람 못 만나봤소?"

"그 사람들이야 항시 남들 눈 피해 다니는디 어찌 만나겄어?"

동생 대근이를 찾으려는 수국이의 마음을 꿰뚫고 있는 양치성은 아예 그 생각을 단념시키려고 완강하게 고개를 저었다.

"그렇기는 헌디…… 그래도 그 사람들이 또 독립군으로 싸우자면 동포들허고 어우러지지 않겄소? 돌아댕기면서 우리 대근이 소식 좀 알아내씨요."

수국이의 목소리는 간절했다.

"처남이면 한 형제인디, 걱정 말어. 내가 꼭 소식 알아내고 말 팅게."

양치성은 수국이를 똑바로 보며 장담했다.

"갸가 하나뿐인 동생인디, 갸를 못 만나면 무슨 낯으로 엄니를……."

수국이는 울먹이며 목이 메고 있었다.

"알어, 알어. 내가 다 알어서 헐 것잉게 맘 푹 놓고 있어."

양치성은 수국이를 달래듯 정겹게 말했다.

그러나 양치성은 속으로 놀랐다. 집에만 붙어 있는 수국이가 그 소문을 들었으리라고는 미처 생각지 못했던 것이다. 영사관과 군에서는 그 소문이 자꾸 퍼지는 것을 원치 않았다. 그 소문이 퍼질수록 조선 사람들이 독립군을 도와주게 된다는 것이었다.

그 소문을 막고, 숨어드는 독립군을 찾아내는 것이 양치성의 새 임무였다. 영사관이 그 일에 열을 올릴 만도 했다. 독립군을 일망타진하려고 작년에 만주로 간 일본군은 금년 1월에 보병 2개 대대만 남기고 모두 조선으로 철수했다. 북간도의 독립군이 거의 다 연해주로 넘어가 버리자 일본군은 더 이상 만주에 주둔할 명분이 없었다. 귀신같이 빠르게 중국 땅을 벗어난 독립군의 작전에 일본군이 꼼짝없이 걸려든 꼴이었다. 일본군은 청산리 일대에서 막대한 피해를 입고 나서 독립군에게 또 당한 셈이었다. 그런데 일본군이 만주 땅에서 철수하자 서간도의 독립군이 다시 압록강을 건너 일본군을 공격하기 시작했다. 그들은 북간도 쪽으로 피하지 않고 산악 지대에 숨어 있다가 다시 일어난 부류들이었다. 거기에 또 독립군이 들어오고 있으니 병력이 2개 대대뿐인 형편에 영사관으로서는 큰일이 아닐 수 없었다.

연해주로 이동한 독립군은 3천 명쯤이라고 했다. 그중 아라사 적군의 공격으로 270여 명이 죽고, 900여 명이 포로가 되었다는 것이 영사관의 파악이었다. 만주로 다시 숨어드는 자를 1천 명으로 잡더라도 어마어마한 수였다. 넓은 만주 땅은 그들 편이었다. 넓은 땅에 그들이 숨어들기는 쉬워도 이쪽에서 찾아내기는 그만큼 어려웠다.

이런저런 생각에 양치성은 그만 밥맛이 떨어졌다. 그러나 그는 재빨리 생각을 바꾸었다. 상황이 나빠지는 건 어디까지나 영사관과 군부대일 뿐이었다. 오히려 자신에게는 공을 세울 좋은 기회였다.

'그래, 이 기회에 공을 세워 고향으로 돌아가자!'

양치성은 숟가락을 힘 있게 잡았다.

"근디, ……한 가지 부탁이 있는디……."

수국이는 양치성의 눈치를 보며 말을 꺼내지 못하고 망설거렸다.

“무슨 부탁인디 그려?”

“저, 우리 살던 마을로 이사 갔으면 좋겠소.”

“어디, 춘명향? 안 돼야!”

양치성이 날카롭게 내쏘았다. 그러나 양치성은 곧 후회했다. 감정을 드러내는 것은 어리석은 짓이었다.

“그 동네는 인제 사람 살 데가 아니여. 거기 살다가는 굶어 죽어. 어디서 장사를 헐 것이냐 말이여. 내가 무슨 수를 써서라도 동생 소식을 알아낼 것잉게 맘 푹 놓고 기다려.”

양치성은 달래듯 나긋나긋하게 말했다.

수국이는 뭐라고 더 할 말이 없었다.

“알겄구만요…….”

수국이의 눈에 눈물이 번졌다. 동생이 무사히 만주 땅으로 돌아온다면 틀림없이 집으로 찾아올 것이었다. 동생을 다시 만나자면 옛집에서 기다리는 것이 가장 확실한 방법이었다. 그러나 혼자서는 갈 수가 없었다.

“요번에도 한 닷새 있다가 올 것잉마.”

양치성이 밥상에서 물러나며 말했다.

수국이는 아무 대꾸 없이 밥상을 들고 일어섰다. 양치성은 성깔 돋은 눈초리로 수국이의 뒷모습을 치올려 보았다. 자신에게 줄곧 무관심한 수국이가 괘씸했다. 그렇게 잘해 줘도 수국이는 이상하게도 냉랭하기만 했다.

양치성이 장사를 떠난 뒤에 수국이는 집을 나섰다. 동생 때문에 혼자 속을 태우느니 새로운 소문이 없는지 귀동냥이라도 하는 게 나았다. 장터거리 경상도 아주머니를 찾아가면 이런저런 소문을 얻어듣기 쉬웠다.

골목을 벗어난 수국이는 영사관 쪽으로 뻗은 큰길을 건넜다. 수국이는 용정이 싫었다. 용정은 어쩌면 그렇게 군산과 똑같은지 몰랐다. 군산에는 조선 사람, 중국 사람, 일본 사람이 섞여 살았다. 거기서 주인 행세를 하는 건 일본 사람들이었다. 용정에도 세 나라 사람들이 살았고, 일본 사람들이 주인 행세하는 것도 똑같았다.

수국이는 용정을 떠나 송수익 선생님과 필녀가 있는 서간도 통화로 가고 싶었다.

"새댁, 우째 이리 일찍 왔나?"

경상도 아주머니가 수국이를 먼저 알아보고 알은체를 했다.

"한 접시 주시게라."

수국이는 여자 옆에 앉으며 순대를 내려다보았다.

"아이라, 우리 사이에 인사 차릴 기 뭐 있나? 그리 안 해도 다 팔린다."

"나 순대 좋아허는 것 알면서도 그러요? 딴 데 가서 사 먹어도 좋겄소?"

"알제, 새댁 맘 내사 다 알제."

여자는 중얼거리며 칼을 들었다.

"아짐니, 무슨 새 소문 없등게라?"

수국이의 목소리가 낮아졌다.

"그래, 새로 들은 기 있구마. 그저께 그 사람들이 서넛 잡혀 왔다카능 기라."

"그려라? 어쩌다가 서넛이나……."

수국이는 커지려는 목소리를 얼른 눌렀다.

"그기 왜순사들이 아이라 중국 관리들 손에 잡혔다는 기라."

"원 세상에나……!"

수국이는 가슴이 내려앉았다. 중국 관리들이 독립군을 잡아 넘겨주면 일본 영사관에서 상금을 준다는 말이 헛소문이 아닌 모양이었다.

수국이는 순대를 먹을 수가 없어서 종이에 싸 가지고 일어났다.

"새댁, 너무 걱정 마소. 내 겉은 사람도 사는데 새댁이야 상팔자 아이라."

경상도 아주머니의 말을 등뒤로 들으며 수국이는 서글프게 웃었다. 그 아주머니 팔자도 어지간히 기구했다. 왜놈들한테 논밭을 다 빼앗기고 3년 전에 만주로 왔다가 남편이 병들어 죽고 중국인 소작마저 떨어져 자식들 먹여 살리려고 용정으로 왔다는 것이었다.

수국이는 영사관으로 잡혀 온 독립군이 동생일 리 없다고 고개를 저었다. 동생은 돈에 눈먼 중국 관리들에게 잡힐 만큼 둔하지도 약하지도 않았다. 신흥무관학교에서도 소문이 날 만큼 공부를 잘했고, 무술도 뛰어났다. 송수익 선생님이 괜히 '백두산 호랑이'라는 별호를 지어 주신 게 아니었다.

"엄니, 대근이를 살펴 주시시요……."

수국이는 어머니가 묻혀 있는 북쪽 먼 하늘을 바라보며 간절하게 뇌고 있었다.

한편, 방대근은 일행 두 명과 함께 의란 근처의 야산에 머물러 있었다. 그들의 얼굴은 수척했고 옷도 군복이 아니었다. 지난해 청산리 전쟁 때 군복과 군모에 총을 들었던 당당한 모습은 찾을 수 없었다.

"저 사람 무슨 병 같은가?"

노병갑이 근심스런 얼굴로 속삭였다.

"글쎄, 설사에 열이 나는디……."

방대근이 침울한 얼굴로 나무 그늘 아래 널브러져 거친 숨을 쉬고 있는 이유석을 바라보았다. 의원을 찾아갈 수는 없었다. 러시아 국경이 가까운 만주 땅에 조선 의원이 있을 리 없었다. 중국 의원을 찾아가자면 번화한 곳으로 가야 했다. 그런 곳은 영락없는 함정이었다.

"……중국 관헌은 왜병과 똑같다는 것을 명심하라. 그리고 중국 민간인도 믿어서는 안 된다. 그전에는 중국 사람들이 독립군을 많이 도와주었지만 왜놈들이 돈으로 이간질을 하고 있으니 마음을 놓아서는 안 된다."

대원들이 몇몇씩 나뉘어 출발하기 전에 참모장이 강조한 말이었다.

"저러다가 큰일 나겠네. 동포 마을이 나오면 맡기고 가는 게 어떨까?"

노병갑의 말이었다.

"그리되면 좋겄는디. 아무리 동포라고 혀도 병자를 맡을라고 헐랑가?"

방대근의 말이 무거웠다. 그는 곧 생각에 잠겨 들었다. 눈앞에 아버지의 모습과 함께 고향이 떠올랐다. 어머니와 형제들의 얼굴도 줄줄이 떠올랐다. 어머니와 수국이 누나의 얼굴이 다른 형제들의 얼굴을 밀치고 앞으로 다가들었다. 어머니와 수국이 누나 걱정이 마음에서 떠나지를 않았다.

경신참변 소식에 만주 땅에 가족이 있는 독립군들은 풀이 죽고 기가 꺾였다.

"또 식구들 걱정이야? 너무 걱정하지 마. 누나가 눈치 빠르니까 무사할 거야."

"……."

고개를 떨군 방대근은 풀잎만 잡아 뜯었다.

"그래, 걱정 안 할 수야 없지. 일단 동녕현까지 가면 집에 들러 보도록 해."

만주에 가족이 없는 노병갑은 너무 입에 발린 위로 같아 다시 이렇게 말을 덧붙였다.

"그래, 그래야겄제."

방대근은 마음을 추스르며 고개를 들었다.

"난 말이야, 아무리 생각해도 총재님을 이해할 수가 없어."

노병갑은 일부러 말머리를 돌렸다. 또한 총재 서일의 자결이 풀리지 않는 의문으로 마음속에 남아 있기도 했다.

"총재님을 이해헐 수 없다면…… 총재님이 잘못혔다는 것이여?"

예사로 넘길 말이 아니라 싶어 방대근이 물었다.

"앞으로 해야 할 중대한 일이 얼마나 많은데 그런 일로 자결을 하시냔 말이야. 병사들의 억울한 죽음에 책임을 통감하시는 총재님 심정을 모르는 건 아니야. 허나, 마적의 습격이 총재님의 잘못인가? 또, 총재님이 자결한다고 죽은 병사들이 살아나느냔 말야. 난 모르겠어, 총재님 같으신 분이 왜 그런 결정을 내리셨는지."

노병갑이 일그러진 얼굴로 고개를 저었다.

방대근은 새삼스레 노병갑을 바라보았다. 노병갑이 그렇게 깊은 생각을 하고 있는 줄은 몰랐다.

"자네 말도 일리는 있네. 허나 총재님도 얼마나 많이 생각허셨겄나? 우리가 그분 깊은 속을 어찌 알겄어."

방대근은 노병갑의 어깨를 잡았다.

"그분이 많이 생각하셨을 줄 알면서도 너무 속이 상해 그런 생각을 안 할 수가 없단 말일세."

노병갑이 쓸쓸하게 말했다.

러시아에서 다시 만주로 넘어온 북로군정서의 일부는 밀산의 당벽진에 머무르고 있던 총재 서일의 부대와 합류했다. 자유시에서 독립군 부대가 무장해제를 당했다는 소식을 들으며 북로군정서는 앞길을 모색하고 있었다. 그런데 느닷없이 마적 떼가 습격해 왔다. 그 기습으로 독립군 수십 명이 목숨을 잃었다. 그런데 다음 날 아침 총재 서일이 마을 뒷산에서 자결한 시신으로 발견된 것이었다. 유서에는 병사들을 희생시킨 책임을 통감한다는 자결 이유를 밝혀 놓고 있었다.

청산리 전투에서 합동작전으로 큰 승리를 이룬 독립군 부대들은 밀산으로 이동해서 통일된 조직체를 탄생시켰다. 그러나 러시아로 이동한 독립군 부대들이 자유시에서 참변을 당하고 무장해제까지 당하면서 대한독립군단은 허물어지기 시작했다. 그런데 군단의 총책임자인 총재 서일마저 자결하고 만 것이다. 그의 죽음은 대한독립군단의 해체를 의미했다.

"동녕현에 가면 그전처럼 부대를 꾸미게 될까?"

노병갑은 해가 지는 서쪽 하늘을 바라보았다.

"무슨 소리여?"

방대근이 노병갑을 바라보았다.

"만약 거기에 조선 사람이 별로 없으면 부대를 다시 일으키기 곤란하지 않겠냔 말야."

"동포들이 많지는 않을 것이여. 그래도 동포들이 날로 불어나고 있응게 걱정 안 해도 될 것이구만."

"동포들이 조선 땅에서 살기 힘들어 만주로 자꾸 건너오는 것은 안됐지만, 독립군을 위해서는 더 많이 와야 해."

"꼭 그런 것도 아니시. 조선 땅이 비면 왜놈들만 좋아지는 것잉게. 거기서 고생허면서 사는 것도 왜놈들허고 싸우는 것이란 말이시."

"하긴, 자네 말이 맞네. 이제 슬슬 움직여야지?"

"그래야제. 해가 다 빠져 가는디."

방대근이 주변을 살피며 몸을 일으켰다.

"이 동지, 인제 일어나야겄소. 떠야 헐 시각이오."

방대근이 이유석을 가만가만 흔들었다.

"무시기, 벌써 그리됐음둥?"

이유석이 당황하며 몸을 일으키려 했다. 하지만 그는 몸을 가누지 못하고 도로 누워 버렸다.

"자, 그리 급히 허지 말고 찬찬히 일어나도록 허시요."

방대근이 이유석의 머리와 한쪽 어깨를 받쳤다. 노병갑도 이유석의 등 밑으로 손을 넣었다.

"이리 짐이 돼서리⋯⋯ 미안합꼬망, 미안합꼬망."

이유석은 부축을 받아 몸을 일으키며 쉰 소리로 중얼거렸다.

"미안하긴 뭐가 미안허다고 그러요. 그런 맘 쓰지 말고 힘을 내시오."

방대근은 다정하게 말했다. 그러나 이유석의 병세는 어제보다도 더 나빠진 듯했다.

노병갑이 풀섶을 헤쳐 천으로 둘둘 감싼 총을 들었다.

"총을 목숨처럼 귀하게 여겨야 한다."

모든 부대장들이 부하들에게 틈만 나면 강조하는 말이었다. 방대근도 부하들에게 그 말을 얼마나 많이 했는지 모른다. 총은 적을 무찌르는 무기일 뿐만 아니라 만주에서 고생하며 살아가는 동포들의 피땀 덩어리였다.

방대근은 이유석을 부축하고, 노병갑은 총 세 자루를 들고 산

비탈을 내려가기 시작했다. 석양빛 속에 중국인 마을이 멀리 보였다.

방대근은 걸음을 옮기며 걱정이 컸다. 이유석이 다리를 자꾸 휘청거리고 숨을 헐떡거리고 있었다.

그들이 마을에 가까워졌을 때는 어둑발이 진하게 퍼져 있었다.

"어차피 총도 감춰야 하고 재빨리 움직여야 하니까 이 동지를 여기 두고 다녀오는 게 어떻겠나?"

노병갑이 내놓은 의견이었다.

"이, 좋은 생각이시."

"이 동지, 금방 먹을 것 얻어 가지고 올 테니 여기서 쉬면서 기다리시오."

이미 늘어져 누워 있는 이유석을 흔들며 노병갑이 말했다.

중국 사람들은 가난해도 인심은 좋은 편이었다. 길손을 박대하면 복을 못 받는다는 오랜 풍속 탓이었다. 두 사람은 이 집 저 집 다니며 음식을 모았다. 의심하는 눈치는 없었지만 그래도 만약을 몰라 이유석이 있는 데까지 뒤를 살피며 빙 돌아서 갔다.

이유석은 물만 벌컥거릴 뿐 음식을 거의 먹지 못했다.

"이 동지, 입맛이 없어도 억지로 먹어야 하오."

어둠 속에서 노병갑이 걱정스레 말했다.

"이 동지, 먹어야 기운 차릴 수 있응게 꼭꼭 씹어서 넘기시오."

방대근은 만두를 이유석의 손에 쥐어 주었다.

풀벌레들이 가늘고 고운 소리로 울고, 하늘엔 별들이 돋아나고 있었다. 낮의 더위와는 달리 밤바람이 서늘했다.

그들은 다시 북서쪽으로 걷기 시작했다. 이유석은 아까보다도 더 심하게 숨을 헐떡거렸다.

10여 리쯤 걸었을 즈음 이유석의 몸이 축 처지더니 신음 소리를 냈다. 방대근은 당황해서 이유석을 붙들어 앉혔다.

“이 동지, 왜 이러시오?”

방대근과 노병갑이 동시에 물었다.

이유석은 아무 대답도 못하고 토하기 시작했다.

방대근은 불길한 생각에 사로잡혔다.

힘겹게 토하기를 끝낸 이유석은 픽 쓰러지고 말았다.

“안 되겄네, 쉬게 혀야제.”

“어디 쉴 만한 데를 찾아야 되지 않겠나? 여긴 들판인데.”

“그래야제. 자, 나헌티 업혀 주소.”

노병갑은 말없이 이유석을 끌어안아 일으켜 방대근의 등에 업혔다.

그들은 이유석을 번갈아 업어 가며 야산에 이르렀다. 둘 다 몸이 땀으로 범벅이 되어 있었다.

이유석을 풀섶에 눕히고 노병갑과 방대근도 쓰러지듯 눕고 말았다.

언제 잠이 들었는지 몰랐다. 방대근은 소스라쳐 잠이 깼다. 어둠이 걷히고 있었다. 방대근은 이유석 쪽으로 엉금엉금 기었다. 이유석은 편안히 잠들어 있었다. 그런데 느낌이 이상했다. 이유석의 숨은 이미 끊겨 있었다.

"어이, 얼른 일어나. 이 동지가 죽었네."

방대근의 목소리가 울고 있었다.

한편, 러시아의 혁명 군대인 적군에 소속된 이광민은 말 못할 고민에 빠져 있었다.

'내가 조선의 독립군인가, 러시아의 적군인가?'

좀처럼 풀 수 없는 의문이었다.

그 의문의 뿌리는 자유시 참변에 닿아 있었다. 자유시에서 독립군들이 죽어 가고 체포되는 것을 목격했었다. 그리고 적군에 소속되어 두 달쯤 지나 그 내막을 알게 되었다.

자유시 참변이 일어난 이유는 두 가지였다. 첫째는 내부의 원인이라고 할 수 있는 조선인 공산당의 상해파와 이르쿠츠크파의 대결이었다. 둘째는 외부의 원인이라고 할 수 있는 러시아 혁명정부와 일본이 합의한 조선 독립군의 무장해제였다. 청산리 일대에서 전쟁을 한 독립군이 러시아 땅으로 들어선 것이 3월이었다. 거기서 러시아 적군에 소속된 한인 부대의 안내를 받아 독립군은 자유시로 이동했다. 독립군을 안내한 한인 부대는 사할린 부대였다. 그런데 자유시에는 적군에 소속된 또 다른 한인 부대인 자유 대대가 있었다. 사할린 부대와 자유 대대의 두 지휘관은 3천여 명을 헤아리는 독립군을 놓고 주도권 다툼을 벌였다.

그 주도권 다툼은 단순한 지휘권 장악이 아니었다. 그것은 이동휘의 상해파 고려공산당과 그에 맞서고 있는 이르쿠츠크파의 대결이었다. 그러니까 사할린 부대는 상해파였고, 자유 대대는 이르쿠츠크파였다. 그 대립을 조정하기 위해 국제공산당 조직인 코민테른은 러시아인을 사령관으로 한 고려혁명군정의회를 결성했다. 그러나 그 회는 이르쿠츠크파의 영향력으로 생겨난 것이었다.

고려혁명군정의회에서는 코민테른의 결정이라며 사할린 부대도 고려혁명군정의회의 지휘 아래로 들어올 것을 명령했다. 그러나 독립군을 자기 영역으로 두고 있는 사할린 부대 지휘관은 그 명령을 거부했다.

그러나 독립군 부대장들은 사할린 부대 지휘관의 결정을 무시하고 자기들의 판단에 따라 행동했다. 홍범도 부대가 사할린 부대를 떠나 자유 대대 쪽으로 갔고, 안무의 부대도 그 뒤를 따랐다. 그런 상황 변화 속에서도 사할린 부대 지휘관은 끝내 설득을 받아들이지 않았다. 설득을 포기한 고려혁명군정의회 사령관은 병력을 동원하기에 이르렀다.

적군 29연대와 자유 대대는 탱크와 기관총으로 사할린 부대를 공격했다. 화력에 밀린 사할린 부대와 독립군들은 죽고 잡히고 하면서 무장해제를 당하고 말았다.

사건이 읽어난 까닭을 제대로 모를 때, 이광민은 조선 사람끼리 파벌 싸움 하는 것에 분노하고 절망했다. 그러나 그 사건이 일어난 속사정을 알고 나서는 체념할 수밖에 없었다. 파벌 싸움이 없었더라도 독립군은 러시아 적군에게 무장해제를 당할 수밖에 없는 상황이었다. 소비에트 정부는 러시아 땅에 있는 독립군의 무장을 해제하기로 일본과 합의를 한 것이었다.

러시아혁명을 방해하기 위해 시베리아에 출병한 일본군은, 다른 방해군인 영국이나 프랑스군이 다 철수한 뒤에도 버티고 있었다. 오랜 혁명전쟁으로 국력을 소모한 소비에트 정부는 어떡하든 전쟁 없이 일본군을 몰아내야 할 입장이었다. 그러나 반대로 일본군은 무엇이든 트집을 잡으려 들었다. 러시아 땅의 조선 독립군은 일본이 트집 잡기 좋은 대상이었고, 소비에트 정부로서는 그런 빌미를 주어서는 안 되는 것이었다.

결국 소비에트 정부는 독립군 일부를 체포해 가두고, 나머지 독립군은 적군에 소속시켜 러시아 땅에서 조선 독립군을 말끔히 없애고 말았다.

이광민은 어차피 적군에 소속될 수밖에 없었던 상황이었다. 그러나 앞으로 어떻게 해야 할지가 문제였다. 그걸 마음 놓고 의논할 사람이 없어 이광민은 고민에서 헤어나지 못하고 있었다.

4 밤 기차

땅거미가 퍼지는 거리에 눈발이 날리고 있었다. 칙칙한 구름이 두껍게 낀 것으로 보아 많이 내릴 눈이었다.

"눈이 와도 많이 오겄는디……."

도림이 누더기 승복 깃을 여미며 하늘을 흘낏 올려다보았다.

"눈이라도 많이 와야 내년 농사가 제대로 되제."

공허의 뚱한 말이었다.

"누구 좋은 일 시키라고."

"풍년은 아니라도 평작은 돼야 불쌍헌 작인들헌티 한 됫박이라도 더 돌아가제."

"자네 도 다 통했네. 없이 사는 사람들 그리 생각허는 맘을 늘

품고 사니 그것이 부처님 맘이제."

"자네도 금강산으로 뜰 맘먹었으니, 중질 제대로 허는 것이여."

"모르겄네. 금강산으로 가 봐야 조선 땅의 절이기는 매일반 아니겄어? 어디서 요기나 허고 가야제?"

"아니시, 역전에 가서 헐라네."

"이 사람, 참말로 오늘 갈 참이여?"

도림의 목소리가 커졌다.

"내가 언제 두말허는 것 봤능가?"

공허의 나직한 대꾸였다.

"그러지 말고 다시 한 번 생각해 보소. 유신회에는 안 들어도 만해 스님을 한번 만나 보는 것이야 나쁠 것이 있능가?"

도림이 은근하게 말했다.

"원 그 사람 참 질기기는. 불교유신회고 불교 뜯어고치기고 뜻이야 좋은디, 만해 스님이 헛기운 빼는 일이란 말이시."

"밑도 끝도 없이 말허지 말고 차근차근 말해야 이 땡초가 알아들을 것 아니겄어?"

"이 사람아, 중놈들 썩은 꼬라지 더 못 보겄어서 금강산으로 들어간다면서 내 말 못 알아먹어? 만해 스님이 아무리 불교유신회 만들어 불교계를 깨끗이 헐라고 혀 봤자 똥바다에 낙엽 하나 띄우기란 말이시. 아무리 만해 스님이라 혀도 무슨 재주로 불교계의 친일을 막을 것이여? 사명대사, 서산대사가 환생을 혀도 틀려 먹은 일이네."

"그려도 젊은 중들이 막고 나서면 썩어도 덜 썩을 것 아니겄어?"

"모르겄네. 나야 왜놈들헌티 죄지은 것 많은 몸이라 부엉새처럼 밤에만 댕기는 처진께 그런 단체에 낄 입장도 아니시."

도림은 더 할 말이 없었다. 공허는 만세 사건의 주모자로 지목되어 여지껏 피해 다니는 처지였다. 자신은 공허와 만해 한용운 같은 분이 뜻을 모으면 좀 큰일을 해낼 수 있지 않을까 기대했던 것이다. 만해는 마침 불교유신회 창립을 위해 사람을 모으고 있었다.

"만해 그 양반 총 맞은 자리는 더 탈이 없능가?"

공허가 뚜벅 말했다.

"또 겨울이 됐응게 그 자리가 시리고 저리고 허겄제. 평생 목을 삐딱허게 틀고 살아야 허는 데다가 겨울만 되면 뼛속까지 아픈 것도 얼마나 큰 고생이겄어."

"그 몸으로 고문당허고 감옥살이까지 허셨으니 장헌 분이시제. 좌우간 그만허기 다행이지 그때 흉헌 일 당했더라면 어쩔 뻔혔어."

공허는 쯧쯧 혀를 찼다.

그들이 하는 말은 한용운이 10년쯤 전에 만주에서 독립군의 총에 맞은 사실을 일컫는 것이었다. 나라를 빼앗기자 한용운은 만주로 건너가 여기저기 살피고 다니다가 유하현에 이르렀다. 그곳에는 1년 전에 이주해 온 이회영 형제들이 독립군을 키우고 있었다. 한용운은 거기서 며칠 머물고 다시 길을 떠났다. 그런데 잠복 경계를 하던 독립군이 혼자 고갯마루를 넘는 한용운에게 총을 쏘았다. 혼자 가는 그를 밀정으로 오해했던 것이다. 한용운은 수술을 받고 요행히 목숨을 건졌다. 그러나 삐딱하게 틀어진 목은 다시 바르게 돌아오지 않았다. 한용운이 3·1운동 민족 대표의 한 사람으로 알려지자 이회영은 그 얼굴을 알아보고, 이런 큰 인물을 그때 죽였으면 어떻게 됐겠냐고 소스라쳤다는 소문이 퍼지기도 했다.

"이쪽으로 가세. 그쪽은 자네가 싫어허는 진고개 본정통이시."

도림이 공허의 장삼 자락을 잡았다.

"눈도 오는디 피해 갈 것 머 있다고? 그냥 질러가세."

공허의 퉁명스러운 말이었다.

일본 사람들이 제멋대로 이름 붙인 혼마치(본정통)의 전등불빛은 진고개에 이르기 전부터 휘황하게 빛났다. 통감부보다 먼저 진고개 쪽에 터를 잡기 시작한 것은 일본 상인들이었다. 사람들이 자꾸 불어나면서 상권이 형성되자 통감부에서는 진고개를 중심으로 남산 아래를 집중적으로 개발했다. 그것이 1901년의 일이었다. 그리고 합방을 시키고 총독부가 제멋대로 붙인 이름이 혼마치였다.

어둠이 짙어 가고 있었다. 가로등 불빛을 받은 눈송이가 밝을 때보다 더 곱게 드러났다.

"닌장맞을, 눈발도 전등불 빛을 받응게 아주 근사허게 뵈네그랴. 눈은 푸지게 오고 술맛 나게 생긴 밤이시. 근디 여기 송병준이 왜년 첩이 허는 요릿집도 있다면서?"

공허가 불쑥 물었다.

"이, 그 말이 맞을 것잉마."

"못된 놈, 돈을 얼마나 많이 퍼 대면 왜년이 첩으로 붙었겄어. 일진회 해 먹은 것도 모자라서 또 조선소작인상조회를 만들고 나서다니. 그런 놈을 못 죽이고……."

조선소작인상조회란 송병준이 지난 8월에 조직한 또 하나의 친일 단체였다. 공허가 고개를 젓히며 한숨을 토했다.

경성역 앞길에는 불을 환하게 밝힌 전차가 땡땡 종을 울리며 오가고 있었다.

공허는 앞장서 걸어 어둠침침한 뒷골목으로 들어갔다. 얼마 멀지 않은데도 진고개와는 아주 딴판이었다. 공허가 찾아 들어간 음식점은 허름한 국숫집이었다.

"이 집 수제비가 먹을 만허시."

공허가 바랑을 벗으며 말했다.

김이 서린 좁은 식당 안에는 예닐곱 명의 손님이 밥을 먹거나 술을 마시고 있었다. 그들은 모두 노동자 행색이었다.

"자네 수제비 먹고 되겠능가?"

도림이 등받이 없는 걸상에 앉으며 공허를 건너다보았다.

"저런 힘든 일 허는 사람들도 먹는 음식이시. 아짐씨, 여기 수제비 두 그릇 주시시요."

공허가 깍듯하게 음식을 시켰다.

"우리도 한바탕 들고일어나야 된다니까."

"그런데 우리가 부산 노동자들처럼 단합이 잘 되려나?"

"무슨 소리, 배고프긴 마찬가진데."

구석 자리에서 술을 마시고 있는 세 사람의 이야기였다.

그들이 말하는 부산의 일은 지난 9월에 일어났던 부두 노동자들의 총파업이었다. 석탄 운반 노동자 5천여 명은 임금 인상을 요구하며 닷새 동안이나 총파업을 일으켰다. 그런 대규모 총파업은 처음 일어난 일이었다.

"눈 오시는 날 스님들이 오셨으니 우리집 복 받겠사와요."

주인 여자가 김이 무럭무럭 피어오르는 수제비 그릇을 탁자에 놓으며 좋아했다.

"예, 나무관세음보살……."

공허가 의연하게 합장을 했다.

저쪽 사람들은 계속 파업에 대해 이야기하고 있었다.

"저 사람들 얘기 들으니 생각나는디, 자네 그 공산주의라는 것이 뭔지 아는가?"

도림이 속삭이듯이 물었다.

"누가 자네헌티 손 뻗치등가?"

공허는 수제비를 입에 떠 넣다 말고 도림을 빤히 보았다.

"아니여, 새로 퍼지고 있는 사상이라니 그냥 궁금해서 말이시."

"그려? 나도 말로만 들었제 깊은 속은 모르네. 인제 알아볼 참이시."

공허가 목소리를 낮추어 말했다.

경성역으로 나오자 눈은 뜸해졌지만 바람은 더 세차게 불고 있었다.

"인제 들어가소. 금강산에서나 만나게 될랑가?"

"내가 그리 들어간다면 어디 만나게 되겄는가?"

도림이 시무룩하게 말했다.

"무슨 소리여? 산 사람 인연인디."

"그렇기는 허제. 그나저나 몸조심허소."

"그려, 다 부처님 손바닥 안이시."

공허는 서운한 마음을 그렇게 표현하며 도림의 손을 잡고 기차에 올랐다.

공허는 기차마저도 밤 기차를 타야 마음이 놓였다. 만세 시위 주모자로 전라북도 일대에 수배령이 내렸으니 조심하지 않을 수 없었다. 경찰의 수사를 단념시키려고 공허란 중은 상해로 빠져나갔다느니, 만주로 갔다느니 하는 소문을 퍼뜨리기도 했다.

공허는 어두운 창밖을 내다보며 한용운과 도림을 생각했다. 진고개에서 흥청거리는 조선 사람들과 늘 모자라는 독립운동 자금을 생각했다. 앞으로의 만주 투쟁과 송수익을 생각했다. 그러다가 잠이 들었다.

기차는 오산 근방을 달리고 있었다. 승객들은 절반 넘게 잠들어 있었다.

한 남자가 벌써 서너 차례나 공허의 의자 옆을 지나갔다가 되돌아오곤 했다. 그 남자의 눈길은 줄곧 공허에게 박혀 있었다.

그 남자가 공허의 의자 옆에 멈춰 섰다. 그리고 갑자기 큰 소리로 불렀다.

"공허 스님, 공허 스님!"

"어, 엉? 누, 누구여!"

공허는 얼떨결에 잠이 깨며 두리번거렸다.

"공허 스님, 나요 나."

"누, 누구신게라?"

"누구는 누구여, 순사제!"

남자가 외치며 공허의 멱살을 틀어잡았다.

공허는 순간적으로 속았다는 것을 깨달았다. 이름을 불러 신원을 확인하는 잔꾀였는데 잠결에 그만 넘어가고 만 것이었다.

"요런 느자구 없는 중놈아, 얼른 일어나. 그동안 니가 아무리 잘 피해 댕겼어도 결국 이 장칠문이 손에 잡힌 것이여."

그 사복을 입은 남자는 장칠문이었다.

공허는 통로로 끌려가면서 재빨리 양쪽 문을 살폈다. 앞쪽이 훨씬 가까웠다. 공안원이 나타나기 전에 일을 해치워야 했다. 공허는 통로로 나서자마자 몸에 불끈 힘을 모으며 상대방의 얼굴을 들이받았다.

"아크……."

퍽 소리와 함께 장칠문이 비명을 토하며 비틀거렸다. 공허의 주먹이 그의 얼굴에서 또 퍽 소리를 냈다. 그는 더 비명도 지르지 못하고 푹 고꾸라졌다. 공허는 놀란 사람들의 눈길을 등 뒤로 받으며 앞쪽 출입문을 열어젖혔다.

공허는 바람과 함께 석탄 냄새가 끼쳐 오는 기차 승강대에서 어둠을 바라보며 심호흡을 했다. 그리고 기차에서 뛰어내렸다.

통로에 쓰러진 장칠문은 정신을 잃은 채 일어나지 못했다. 입과 코에서는 피가 흐르고 있었다.

뒤늦게 나타난 공안원은 사람들의 말을 듣고 사태를 대충 파악했다.

"나 순사요, 순사. 중놈, 중놈을 얼른 잡아야 허요."

정신을 차린 장칠문이 공안원에게 다급하게 말했다. 그는 공허가 열차 안에 있다고 생각했다.

"걱정 마시오. 열차가 멈추려면 아직 멀었소."

공안원의 대꾸는 느긋했다.

장칠문은 두 손으로 코와 입을 감쌌다. 욱신거리고 쿡쿡 찌르는 통증이 심했다. 장칠문은 공안원을 따라가며 방심한 것을 후회했다. 공허만 잡으면 군산으로 돌아갈 수 있다는 것에 정신을 팔지 말고 그놈의 허리끈부터 풀어 압수해야 했다. 기분이 들떠 그 수칙을 지키지 않은 것이 불찰이었다.

장칠문은 공안원과 보조원과 함께 열차 안을 뒤졌다. 그러나 중은 어디에서도 찾을 수 없었다.

"이거 뛰어내린 것 아니오?"

공안원이 맥 빠진 소리로 말했다.

"택도 없소. 제까짓 놈이 홍길동이니 도술을 부리겠소, 까마귀니 날아갔겠소? 다시 뒤져야 허요."

통증으로 얼굴을 잔뜩 찡그린 장칠문은 단호하게 말했다.

그들은 다시 기차 안을 샅샅이 뒤졌다. 그러나 역시 중의 모습은 흔적도 없었다.

"이래도 내 말이 틀리오?"

공안원이 장칠문을 쏘아보았다.

"되았소, 제 놈이 급헌 김에 뛰어내리다 뒈졌을 것이오."

장칠문은 피 섞인 침을 내뱉었다.

"그놈 잡을 생각 말고 천안에 내려서 병원에나 가시오. 피가 줄창 나오는데."

공안원이 딱하다는 듯 말했다.

"에이 잡것, 피를 한 말은 더 쏟은 것 같소."

장칠문은 한층 더 콧등과 입 안이 욱신거리고 쑤셔 댔다.

"내가 보기엔 코뼈가 부러진 것 같소."

그 말에 놀란 장칠문은 얼른 콧등을 눌러보았다.

"아이구구 나 죽네……."

장칠문은 자지러지는 소리를 지르며 허리를 접었다.

공허는 왼쪽 발목을 삐어 걷기가 힘들었다. 겨우겨우 신작로까지 나와 나뭇가지를 꺾어 지팡이를 삼고, 기차가 간 방향으로 발길을 옮겼다. 신작로를 따라가면 밤이 새기 전에 기차역이 있는 도회지가 나올 터였다. 거기서 경부선이든 호남선이든 타면 위험에서 벗어날 수 있을 것이었다.

공허는 걸음을 옮길 때마다 신음 소리를 물었다. 수십 개의 바늘로 마구 쑤셔 대는 것 같으면서 힘을 쓸 수 없는 발목은 삐어도 많이 삔 모양이었다.

불빛은 뜻밖에도 빨리 나타났다. 한 20리쯤 걸었을까 싶은데 크고 밝은 불빛들이 보였다. 평택역이었다.

공허는 두 시간쯤 기다려 경부선을 타고 대전에서 내렸다. 먼동이 터 오고 있었다. 그는 포교당을 찾아들어 닷새 동안 침을 맞으며 발목을 치료했다. 완치되지는 않았지만 그런대로 걸을 만해서 대전을 떠났다.

공허는 밤이 깊어 홍 씨네 사립을 살짝 밀었다. 그리고 뒤란으로 살금살금 걸어 안방의 봉창을 세 번 두들겼다.

"……오시었소?"

잠기 없는 홍 씨의 목소리가 낮게 울렸다.

"나요, 왔소."

공허는 언제나 똑같은 말로 대꾸했다. 그리고 다시 뒤란을 돌아 나와 방으로 들어섰다.

문고리를 건 공허가 아랫목에 앉았다.

"아들은 잘 크는가?"

"예, 세상모르고 저리 잘 자지 않은게라."

"그려, 탈 없이 잘 커야제."

"누구 닮았는디 잔병치레허겄소?"

"아니여, 자네가 다 건사 잘헝게 그렇제."

공허의 말에 홍 씨는 콧등이 시큰해졌다. 아들을 마음에 담고 있는 것이 그리도 고마울 수 없었다. 하긴 공허는 어글어글한 생김이나 무뚝뚝한 말투에 비해 정이 깊은 사람이었다. 만삭이 되었을 때 찾아와 불쑥 내밀던 탱자나무 비녀와 대추나무 노리개. 그것들을 손수 깎은 마음에 얼마나 감복했던가? 그리고 곧 아들이 태어났다. 아들은 그 노리개를 빨고 핥으며 다른 아이들보다 이빨이 더 빨리 솟았다.

"사람은 가르쳐야 사람잉게 지금부터 그 준비를 차근히 혀야제."

"예, 그리허고 있구만요."

"내가 힘은 하나도 못 되면서 입만 놀리고 있구만."

"무슨 말씀이신게라. 그런 말씀이 다 힘이 되는구만요."

홍 씨는 말에 힘을 주었다.

공허는 팔다리를 풀며 누웠다.

"허시는 일은 잘되시는가요?"

"글쎄, 잘돼야 헐 것인디……."

"왜놈들은 자꾸 불어나는디요."

"고약스런 일이제……."

공허의 눈앞에는 휘황한 불빛 속에 흥청거리던 진고개가 떠올랐다.

"우리 동걸이가 학교에 가게 될 적에는 세상이 바뀔랑가요?"

동방의 큰 인물이 되라고 공허는 아이의 이름을 동걸이라고 지었다.

"그리되게 만들어야제. 하면, 그래야제."

공허의 말에 힘이 들어갔다. 공허는 아이가 일본말로 공부해야 한다고 생각하면 끔찍스럽고 치가 떨렸다.

5

지주는 왕이다

“무슨 바람이 불었드라냐? 니가 우리 집에 다 오고.”

동생을 보자마자 정상규는 대뜸 이렇게 내질렀다.

“요새 형님 소문이 너무 나쁘게 돌고 있는데, 어떻게 된 건가요?”

“소문이 퍼져? 무슨 소문?”

정상규는 아무것도 모르는 척했다.

“아무리 땅 가진 지주지만 소작인들을 막 대하면 안 된다는 걸 똑똑히 알아 두세요.”

정도규는 작은형을 똑바로 바라보며 말했다.

“내가 작인 놈들을 구워 먹든 삶아 먹든 어째 니가 감 놔라 배

놔라여? 옳아, 듣자 허니 니가 동경에서 신풍조에 물들어 와 갖고 경성에서도 무슨 회를 조직허고, 이쪽에서도 사람들을 모은다면서? 니가 그 신풍조에 맞춰서 작인들을 곱게 대허라는 것인디, 고런 말 겉지도 않은 소리 더 듣기 싫은게 당장 가, 나가."

정상규는 두 팔을 휘저으며 몸을 일으켜 버렸다.

"이것 한 가지는 기억해 두시오. 소작인들은 짐승이 아니라 사람이오. 또, 세상이 변했어요. 소작권 가지고 그렇게 원수지는 짓 했다간 언제 무슨 일 당할지 몰라요. 인심 잃은 지주들이 갑오년 난리 때 어떻게 당했는지 알지요?"

정도규는 이 말을 남기고 돌아섰다.

들녘에는 논일이 바삐 돌아가고 있었다. 정도규는 흙냄새, 풀냄새 물씬 풍기는 논길을 바삐 걸으며 가끔씩 심호흡을 했다. 그럴 때마다 가슴을 가득가득 채워 오는 흙냄새와 풀 냄새를 깊이 음미했다. 들녘은 어릴 때부터 밟아 온 그 들녘 그대로고, 흙냄새나 풀 냄새도 달라진 게 없을 터였다. 그런데 흙냄새와 풀 냄새가 새롭게 느껴졌다. 그건 마음이 닫혀 있느냐 열려 있느냐의 차이였다. 농부들에 대해서도 마찬가지였다. 그전에는 농부들이 들에 있어도 눈에 보이지 않았다. 그런데 동경에서 그 책들을 본 뒤로는 농부들이 보이기 시작했다. 눈이 열린다는 말이 무언지 절실하게 깨달을 수 있었다.

정도규는 유승현네 마을로 들어서며 얼굴을 찌푸렸다. 잘려 버린 당산나무 밑동이 눈에 띄었던 것이다.

그 당산나무는 만세 사건이 일어나고 서너 달 뒤에 잘렸으니 벌써 4년째였다. 그 마을 사람들이 만세 사건에 많이 가담했다는 게 그 이유였다. 그때는 이미 유승현을 비롯한 열댓 명이 잡혀 들

어간 뒤였다. 마을 아낙네들은 울고불고했지만 총을 들이댄 순사들 앞에서 당산나무를 지킬 수는 없었다.

유승현은 책을 읽고 있다가 정도규를 맞이했다.

"몸은 좀 좋아졌나?"

정도규는 아직도 병색이 남아 있는 유승현의 얼굴을 살피며 물었다.

"이, 언제 아팠간디?"

유승현은 두 손으로 얼굴을 훔치며 가볍게 웃었다.

유승현은 야학을 하다가 잡혀 들어가 고초를 당했고, 만세 사건으로는 2년 6개월 형을 살고 나왔다. 고문으로 몸이 쇠약해져 출감할 때 집까지 달구지를 타고 올 형편이었다.

"그 책은 다 읽었나?"

정도규가 물었다.

"그작저작 다 읽었는디…… 세상이 생판 달리 보이고, 내가 얼마나 큰 죄인인지를 알고 밤잠을 못 잤구만. 아라사 왕족이 어째서 무너졌는지도 알았고, 자네 덕에 내 눈이 열렸네."

유승현은 묻기를 기다리기라도 한 것처럼 진지하게 말했다.

"덕은 무슨, 자네 눈이 열렸다니 반갑고 고맙네. 자네가 받은 느낌도 나와 똑같군그래."

정도규는 흡족한 웃음을 유승현에게 보냈다.

"이, 눈이 열린 것도 열린 것이지만 아라사 혁명정부가 약소민족의 해방을 돕는다니 더 맘이 끌리네."

"그렇지, 동경 유학생들이 사회주의를 받아들이고 있는 것도 바로 그 점 때문이네."

"그려, 그런 맘 먹지 않으면 조선 젊은 놈이 아니제. 지금 허는 말이네만, 나는 자네가 동경 유학을 떠날 적에 젊은 친일파 놈 하나 또 생긴다 생각허고 동무 하나 없는 걸로 맘을 닫았었네. 근디 일본이 반일파를 만들어 보냈단 말이시. 내 생각이 짧았던 것이네."

유승현의 얼굴이 밝아졌다.

"아니, 맞는 말이네. 그 사상이 없었더라면 친일파가 되기 십상이었겠지. 일본식 공부도 그렇고, 동경이고 대판이고 조선 젊은 놈들이 주눅 들기 딱 좋으니까."

"근디, 그 사상을 가진 유학생이 많은가?"

"아직 초창기니까 그리 많지는 않지만 앞으로 많아질 거네. 유학생들이 점점 늘고 있으니까."

"그러겄구만. 그런디 그 사상이 자꾸 퍼져 나가는 것을 왜놈들이 그냥 보고만 있지는 않을 것 겉은디?"

"그럴 거네. 재작년에 조선노동공제회가 생기고, 작년에 서울청년회가 생긴 데다가 올 1월에 무산자동지회가 결성되고, 또 2월에는 동경에 있는 조선인 고학생동우회 간부들이 경성에 와서 동우회 선언을 하지 않았나? 사회주의 단체들의 활동이 그렇게 활발해지니까 경무국에서 본격적으로 단속할 방침을 세우고 있다는 소식도 들리고 있네."

"그렇겄제. 왜놈들이 즈그헌티 해로운 것을 보고만 있겄어? 나를 고문허면서도 불온사상에 물들었는지 캐고 또 캐고 그랬는디."

유승현의 얼굴에 분노가 드러났다.

"그런디 저 책에서 잘 모를 대목이 더러 있든디."

유승현은 어떻게 하면 좋으냐고 눈으로 묻고 있었다.

"나하고 차차 학습을 하세."

"그려, 그리해 주면 고맙제."

"그런데 자네가 만세 운동을 벌이면서 어떤 조직을 짰던가?"

"글쎄, 그게 조직을 짰다고 헐 수도 없고, 안 짰다고 헐 수도 없고……."

"그게 무슨 소린가?"

"……독립선언서를 전해 받고, 구호를 써 붙이고, 봉화 올릴 사람을 모으고 허는 망이 있었는디, 그것을 조직이라고 헐 수 있을랑가 모르겄단 말이시."

"그야 당연히 조직이지. 그 조직을 새로 움직일 수 있겠나?"

"글쎄…… 당헌 사람들이 많아서 그동안 맘이 안 변허고 그대로 있는지 잘 모르겄구마."

"그렇기도 하겠지. 왜놈들이 워낙 혹독하게 했으니까."

정도규는 신중하게 고개를 끄덕거렸다.

"그래도 믿을 수 있는 사람은 몇 있네."

"책을 읽고 학습을 받으면 동조할 사람들인가?"

"십중팔구 그럴 거네."

"십중팔구는 곤란하고, 십중 십인 사람들만 골라야 하네."

"그렇제, 개미구녕으로 방죽 무너지는 법잉게."

"바로 그거네. 한 사람 잘못 골라 열이고 백이 상하게 되네."

"우선에 일당백 허는 사람을 하나 소개혀야겄네."

"일당백 하는 사람?"

"이, 그런 사람이 있네. 중이시."

"주우웅?"

"공허라고, 아조 무서운 사람이시."

6

드러난 정체

온갖 나무들의 어린 잎사귀들이 연초록으로 피어나고, 그 잎사귀들 위에서 햇살이 금빛 은빛으로 눈부시게 빛나는 날씨 속에 단옷날이 찾아왔다.

북쪽 지방의 큰 명절답게 단옷날을 맞아 용정도 술렁이고 있었다.

여자들이 끼리끼리 동무 삼아 그네뛰기 구경을 가네, 약쑥 뜯기 들놀이를 가네, 발길 가볍게 어깨춤이 이는데 수국이는 혼자 길을 걷고 있었다.

수국이는 가슴속에 칼을 품고 있었다. 오늘 밤에 양치성을 죽일 작정이었다. 벌써 반년 전부터 벼르고 별러 온 일이었다.

양치성이 밀정이라는 것은 뜻밖의 일 때문에 알게 되었다. 어느 날 이웃집 아주머니가 계란 한 꾸러미를 가지고 찾아와 자기 아들이 사람을 패서 붙들려 들어갔으니 손을 좀 써 달라고 사정이었다. 그때까지도 수국이는 그 말뜻을 알아차리지 못했다. 그러자 그 아주머니는 남편이 경찰서 일 보고 있는 것을 다 알고 있는데 뭘 감추려 하느냐고 했다.

순간 수국이의 머리와 가슴에 천둥이 쳤다.

'양치성이 밀정? 이웃 사람들은 다 알고 있는데 자신만 모르고 있었다니!'

자신이 지하실에 갇혔던 일과 어머니가 돌아가신 일, 그리고 자신이 풀려난 일이 머릿속에 뒤죽박죽 엉켰다.

수국이는 몸을 가누지 못하고 하루를 꼬박 앓았다. 그러다가 꿈을 꾸었다.

"그놈, 바로 그놈이여. 그놈이 니 웬수고 이 에미 웬수다. 그놈은 느그 동생도 죽일 놈이여."

어머니는 나무에 묶여 총 맞아 죽은 그 모습으로 말하고 있었다.

수국이는 어머니를 부르며 소스라쳐 일어났다.

"엄니…… 그놈이 우리 웬수란 것 인제 알겄구만이라. 야아, 웬수를 갚아야제라, 웬수를."

수국이는 꺾어 세운 두 무릎에 얼굴을 묻고 흐느끼며 어머니 말에 이렇게 대답했다.

수국이는 양치성이 꾸민 흉계를 거울 들여다보듯 환히 알 수 있었다. 자신이 잡혀 온 것부터 어머니의 장례를 치른 것까지 모든 일이 실꾸리에서 실이 풀리듯 풀렸다. 그 형사 놈이 한 패거리라는 것도 밝혀냈다.

그런 인종에게 동생을 찾아 달라고 했으니, 동생을 찾게 되면 어머니 말마따나 동생도 죽일 놈이었다. 수국이는 치를 떨었다. 그런데 문득 또 한 사람이 수국이의 머리를 스쳤다. 어느 날 갑자기 자취를 감춘 김시국이었다. 김시국이 행방불명되기 직전에 양치성이 나타났던 것이다. 양치성이 자신과 어머니에게 한 짓을 보면 김시국을 죽인 게 틀림없었다.

수국이는 뒤늦은 안타까움으로 제 가슴을 마구 쳤다. 밀정이나 끄나풀을 찾아내는 데 귀신이던 삼출이 아저씨가 어째서 양치성이 밀정인 것을 밝혀내지 못했는지 모를 일이었다.

수국이는 양치성에게 원수를 갚고 도망칠 계획을 세웠다. 그놈을 죽이는 것은 별문제가 아니었다. 그런데 잡히지 않고 멀리 도망가야 했다. 멀리 몸을 피하자면 돈이 있어야 했다. 그러나 그럴 만한 목돈이 없었다. 양치성이 돈을 넉넉하게 주지도 않았고, 돈을 달라고 해 본 적도 없었다.

그다음 중요한 것이 교통편이었다. 목돈이 있어도 마차가 제대로 운행되지 않으면 멀리 피신할 수가 없었다. 그런데 소가 얼어 죽는 혹독한 겨울이라 마차가 잘 다니지 않았다. 어차피 목돈을 만들면서 날이 풀리기를 기다려야 했다.

수국이는 이렇게 마음을 정하고 양치성을 대하는 태도를 조금씩 바꾸었다. 정이 든 척 부드럽게 웃고 정다운 말도 했다. 그러면서 이것저것 살림살이 장만할 돈을 달라고 했고, 옷 살 돈을 달라며 콧소리를 내기도 했다. 그럴 때마다 양치성은 좋아 죽겠다는 듯 웃음을 벙글거리며 주저하지 않고 돈을 내주었다. 수국이는 철저하게 눈속임을 하느라 살림살이를 다 구하고, 옷도 해 입었다. 그러면서 차근차근 돈을 모았다.

4월이 되면서 마차들이 끊기는 일 없이 다닐 수 있게끔 날이 풀렸다. 그러나 돈이 마음먹은 만큼 모이지 않았다. 수국이는 단오 때까지 돈을 더 모으기로 했다. 단옷날에는 양치성이도 맘껏 술을 마실 테고, 이웃 사람들의 눈을 피해 용정을 빠져나가기도 쉬울 터였다.

수국이가 집에 들어섰을 때는 해가 서쪽으로 기웃해 있었다. 아침에 나간 양치성은 집에 돌아와 있지 않았다.

'그려, 코가 삐뚤어지게 마셔라.'

수국이는 이렇게 속으로 뇌며 밤에 할 일을 떠올렸다. 수국이는 나무에 묶인 채 숨이 끊어져 있던 어머니를 떠올리며 이를 사리물었다.

양치성은 술이 잔뜩 취해 밤늦게 돌아왔다. 그는 일본 노래를 흥얼거리고 들어오다가 수국이를 보자 뚝 그쳤다.

"저녁 잡수셔야제라?"

수국이는 일본 노래를 못 들은 척하며 생긋 웃었다.

"그네 많이 탔드랑가?"

양치성은 술 냄새를 풀풀 풍겼다.

"야아, 많이 탔구만이라."

"그려, 아주 잘혔어. 찬물 한 사발 "

양치성은 찬물을 한 사발 벌컥거리고는 그대로 쓰러져 코를 골기 시작했다. 이제 모든 준비는 끝났다. 마지막 남은 한 가지 일만 해내면 되는 것이었다.

'엄니이…….'

수국이는 그 일이 잘되게 해 달라고 어머니에게 빌었다.

양치성은 코를 골다가, 이쪽저쪽으로 돌아눕다가, 이빨을 갈다가, 입을 불어 대다가 하며 세상모르게 자고 있었다. 수국이는 양치성의 그런 꼴을 지켜보고 앉아 있었다.

새벽녘이 가까워 오자 수국이는 소리 없이 옷을 갈아입고 옷 보따리를 꺼냈다. 그리고 숨겨 둔 칼을 찾아 들었다.

수국이는 살금살금 양치성에게 다가갔다. 양치성은 바르게 누워 코를 골고 있었다. 수국이는 가슴을 겨냥해 칼을 든 두 팔을 치켜들었다.

'엄니이!'

수국이는 어머니를 부르며 칼을 내리찍었다. 질끈 감았던 눈을 뜨며 옷 보따리를 집어 들었다. 방을 나서는데 뒤에서 신음 소리가 들리는 것 같았다. 그러나 양치성이가 거머잡을 것만 같아 뒤를 돌아볼 수가 없었다.

수국이는 희붐한 새벽어둠 속을 뛰어 고샅을 벗어났다. 길거리에는 손수레나 들것으로 물건을 옮기는 장사꾼들이 드문드문 오가고 있었다. 마차역에 다다른 수국이는 서간도로 가는 첫 마차에 올랐다. 수국이는 옷 보따리에 얼굴을 묻은 채 꼼짝도 하지 않았다.

한편, 방대근은 통화현에 와 있었다. 누나를 찾으려고 온 것만은 아니었다.

"참말로 하늘도 무심허시제. 요 일을 어쨰야 쓰까 잉?"

필녀는 이렇게 말하며 목이 메었다.

방대근은 먼 산만 바라보았다. 하늘도 무심하다는 말은 어머니와 누나가 이 세상 사람이 아닐 것이라는 뜻이었다. 그건 거의 틀림없는 말이었다. 경신년 대학살은 1년 반의 세월이 지나 있었다. 걸어오더라도 통화까지 열 번도 더 올 수 있는 세월이었다.

방대근은 어머니와 누나가 살아 있을지도 모른다는 기대를 접지 않을 수 없었다.

"으음, 의열단이라고? 왜 그런 생각을 하게 되었나?"

송수익은 무릎을 꿇고 앉은 방대근을 물끄러미 바라보았다.

"지금 형편에서 독립 투쟁을 열렬히 전개허자면 그렇게 해야 할 것으로 생각되는구만요."

단정한 앉음새만큼 방대근의 대답은 명료했다.

"그래? 지금 형편이라면…… 어떤 형편을 말하는 것인가?"

송수익은 그 말뜻을 충분히 파악할 수 있었다. 그러나 판단력을 확인해 보려고 다시 질문을 던졌다.

"예, 서간도는 어떤지 모르지만 북간도 동포들은 독립군에 대한 믿음이 약해져서 협조를 잘 하지 않는구만요. 그 원인은 경신참변에 있다고 생각되는구만요. 그 일로 동포들은 두 가지 생각을 품고 있구만요. 하나는 왜놈들 앞에 해방이 어렵다는 낙담이고, 또 하나는 독립군이 끝까지 동포들을 보호허지 않았다는 서운함이구만요. 그러니 그전처럼 협조가 될 리 없지 않는게라? 그리고 독립군들 무기도 부실할 대로 부실해져 있으니 새로 무기를 갖추자면 얼마나 오래 걸리겄는가요? 그래서 생각헌 것이 의열단이구만요."

송수익은 느리게 고개를 끄덕였다. 방대근의 판단은 정확했고, 분석 또한 명확했다. 말솜씨도 더 능숙해져 있었다. 송수익은 그런 방대근이 대견했다.

"그래, 자네의 판단이 정곡을 찌르고 있네. 여기 서간도가 북간도보다 조금 덜할지는 모르나 크게 다르지 않네. 경신년 참변 때 이곳 서간도에서도 학살이 자행됐으니까 그런 생지옥을 겪은 동포들이 그리 생각하는 건 지극히 당연한 일일세. 그런데 독립군이 아라사로 이동한 것은 동포들을 보호하는 동시에 더욱 효과적인 전쟁을 수행하려는 작전으로, 이는 어느 나라 군대에서나 취하는 군사행동이네. 그 작전에 왜병들은 군사작전으로 당당히 맞서지 않고 양민을 대량 학살한 것이네. 세계 어느 나라 군대에서도 볼 수 없는 비열함이고 잔혹함일세. 동포들이 품고 있는 그런 생각이 바로 왜놈들이 대량 학살을 자행한 목적이었다는 사실을 잊어서는 안 되네. 우리 동포들을 낙담하게 만들고, 공포에 떨게 하고, 독립군을 불신하게 하고, 협조를 못 하게 만드는 술수, 그게 바로 왜놈들이 노린 이간책동술이네. 그러니까 지금 독립군이 해야 할 일은 동포들에게 무작정 협조를 구하는 것이 아니고 왜놈들의 그 이간책동을 바르게 이해시켜 민심을 수습하는 것일세. 동포들이 곧 조선이고, 동포들이 없고서는 그 어떤 독립 투쟁단체도 있을 수 없으니까."

방대근은 자신이 미처 생각하지 못했던 사실을 깨달았다. 그런데 송수익 선생님의 끝부분 말이 마음을 무겁게 눌러 왔다.

"선생님 말씀 잘 알아들었구만요. 근디…… 지는 그냥 마음먹은 대로 의열단에 들어갔으면 허는디요."

"아닐세, 내 말은 자네더러 의열단에 가입하지 말라는 게 아니라, 우리 독립군 모두의 문제를 얘기한 것뿐이네."

지나칠 만큼 명민하게 말을 받아들이는 방대근을 안심시키려고 송수익은 손까지 저으며 말했다.

"예에, 지는……."

방대근의 얼굴에 안심의 빛이 드러났다.

"헌데, 의열단하고는 어떻게 연이 닿았는가?"

"예, 신흥무관학교 졸업식 날 선생님께 인사드린 제 동무 넷 중에 윤주협이라고 있구만요."

"그래, 범눈에 고향이…… 경기도라 하지 않았던가? 그 사람이 의열단인가?"

"아니구만요. 인제 입단을 헌다며 지보고 함께허자고 권허는구만요."

"으음, 그럴 만도 하군. 의열단은 창단할 때부터 신흥무관학교 출신들이 중심이 되었으니까."

송수익은 고개를 끄덕이다가, "의열단의 투쟁 방법이 마음에 드는 모양이지?" 하고 넌지시 물었다.

"예, 대규모의 독립군 투쟁이 왜군을 만주로 끌어들였고, 그려서 동포들을 상허게 헌 것 아니겄능가요. 앞으로도 또 그럴 수가 있응게 인제 투쟁 방법을 다양허게 바꿔야 헌다는 생각이 드느만요."

방대근은 긴장하며 대답했다. 송수익의 질문은 그냥 질문이 아니라 시험을 치르는 것이나 마찬가지였다.

"그래, 일리 있는 말이군. 한데, 혹시 의열단에 가입하려는 게 어머님과 누나의 흉사 때문은 아닌가?"

방대근은 송수익이 묻는 말뜻을 금방 알아차렸다. 혹시 자포자기의 심정으로 결정한 것이 아니냐는 뜻이었다. 그만큼 의열단의 투쟁은 위험하고 맹렬하기로 소문나 있었다.

"왜놈들헌티 원한이 더 깊어지기는 혔어도, 그 일로 맘을 정헌 것은 아니구만요."

방대근은 사실 그대로 말했다.

"그렇다면 됐네. 의열단에서 활동하도록 하게. 자네 말대로 투쟁을 다양하게 전개할 필요가 있네."

송수익은 마침내 동의했다. 그러나 방대근이 자신의 곁을 떠나게 되는 서운함도 컸다. 방대근은 부하라기보다는 자식 같은 사람이었다. 그러나 위험을 아랑곳하지 않고 더 적극적인 투쟁에 나서는 그를 말려서는 안 될 일이었다. 의열단…… 신흥무관학교 출신인 열혈 청년들이 스스로의 몸을 폭탄 삼아 적진으로 뛰어드는 새로운 독립 투쟁 단체였다. 그들은 1919년 11월에 결성된 이후 3년 동안 조선에서 벌써 여러 차례의 폭탄 공격을 감행했다. 송수익은 독립 투쟁의 중심 세대가 바뀌고 있음을 실감하고 있었다.

수국이는 통화에 도착해서도 필녀를 만날 때까지 사흘이 더 걸렸다. 서로군정서가 이동했다가 되돌아오면서 송수익 휘하의 거처가 다른 곳으로 바뀐 탓이었다.

"아니, 요것이 누구여……! 아이고메 이 가시내야, 니가 참말로 살아왔구나, 니가 살아왔어!"

필녀는 수국이를 와락 끌어안으며 통곡하듯 울음을 터뜨렸다. 수국이도 필녀를 마주 끌어안으며 쏟아지는 눈물을 주체하지 못했다.

"근디 어째서 니 혼자다냐……?"

울음을 추스르며 필녀가 수국이의 눈치를 살폈다.

"엄니는 경신년에 화를 당해……."

"어쩔거나, 기어코 그리되았구나!"

필녀는 발로 땅을 굴렀다. 그리고 수국이와 함께 새로운 눈물을 흘렸다.

"아니, 니 그간에 시집갔네!"

뒤늦게 수국이의 낭자머리를 알아본 필녀가 반짝 반색을 했다.

"아니여, 그 얘기는 이따 혀. 어른들헌티 인사드려야제."

수국이는 얼굴이 싸늘하게 굳어 고개를 저었다.

"아재, 혹시 우리 대근이 여기 안 찾아왔등게라?"

지삼출에게 인사를 하자마자 수국이가 꺼낸 말이었다.

"아이고, 자네가 한 걸음 늦었네그랴. 북경으로 떠난 지가 한 열흘 되았는디."

"아이고메 엄니, 우리 대근이가 살았드란 말이다요?"

수국이의 말은 말이라기보다 차라리 울음이었다.

수국이가 겪은 이야기들은 저녁을 먹은 다음 모두가 모여 앉아 들었다. 이야기 사이사이에 한숨 소리가 섞였고, 여자들은 눈물을 훔쳤다.

"내가 빙신이시. 조사를 허고도 양치성이 그놈이 그런 줄 몰랐으니."

지삼출이 가슴을 쳤다.

"그놈이 숨 똑 끊어진 것을 봤냐?"

필녀가 불안한 기색으로 물었다.

"그런 정신이 어디 있었간디?"

"애썼네. 대근이한테 곧 연락 취험세."

송수익이 자리에서 일어나며 말했다.

7

연해주의 빨치산

블라디보스토크는 일본군에 완전히 장악당해 있었다. 일본군이 장악한 또 하나의 도시가 나홋카였다. 두 도시 모두 항구였다.

블라디보스토크에서 동쪽으로 600리쯤 떨어진 나홋카 항구는 경비가 삼엄했다. 그럴 수밖에 없는 게 군인이나 군수물자의 수송이 대부분 그 항구에서 이루어지고 있었던 것이다. 나홋카항은 블라디보스토크항보다 일본에서 더 가까운 데다 한겨울에도 얼지 않는 부동항이었다.

일본군에게 중요한 요새일수록 일본군과 싸우는 빨치산에게도 중요할 수밖에 없었다. 그런 곳에는 그만큼 비밀 정보가 많았다.

그래서 빨치산 조직에서는 그 두 곳에 부두 노동자로 위장한 정보원을 심어 놓았다. 그리고 그 정보원들과 연락할 선요원들을 두고 있었다. 선요원을 뽑는 조건은 까다로웠다. 젊어야 하고, 교육을 받았어야 하고, 몸이 튼튼해야 하고, 의지력이 강해야 하고, 전투 경력이 있어야 하고, 독립 정신이 투철해야 했다.

이광민이 윤철훈을 처음 만난 것은 빨치산스크(수청)과 블라디보스토크(해삼위) 사이에 뻗어 있는 시호테알린산맥의 선요원 훈련소에서였다. 선요원 조직은 1개조 2명이었다. 이광민과 윤철훈은 같은 조였다.

"잘 받들겠습니다."

"아니, 무슨 말씀입니까?"

이광민은 처음부터 윤철훈을 조장으로 대접했다. 윤철훈은 일본군이 시베리아에 출병한 1918년 7월부터 3년 동안 선요원으로 활동해 온 경력자였다.

이광민이 윤철훈을 그렇게 대한 데에는 또 다른 이유도 있었다. 이광민은 큰 불안에 빠져 있었다. 홍범도 부대가 해체된 것이나 다름없이 되면서 생긴 증상이었다.

자유시 참변으로 러시아 적군에 소속된 독립군들은 10월 들어 수청 일대의 빨치산 투쟁에 투입되었다. 그런데 공동의 적인 일본군과 싸우기 위해 적군과 연합하고 있는 독립군에게 큰 변화가 일어났다. 홍범도 장군의 은퇴였다. 홍범도 장군은 이미 54세로 빨치산 투쟁을 지휘하기는 무리였다. 그 일로 부대원들의 사기는 떨어졌다. 게다가 적군과 함께 부대를 편성하면서 부대원들이 흩어지지 않을 수 없었다. 그건 홍범도 부대의 해체나 다름없었다.

이광민은 그때부터 불안해지기 시작했다. 홍범도 장군 없이 전투가 벌어지면 꼭 질 것만 같았고, 외톨이로 동떨어져 있는 것 같기도 했다.

선요원으로 뽑히면서 불안감은 더 심해졌다. 그야말로 대원들과 떨어져 외톨이가 되다시피 한 것이었다. 게다가 완전히 달라진 임무에 대한 두려움까지 겹쳤다. 이광민은 그런 감정에 시달리다가 윤철훈을 만났고 강인한 인상의 그에게 의지하고 싶었던 것이다.

"우리 임무는 정보 수집이나 지령 전달만이 아니오. 그때그때 여러 가지 일을 해야 하오. 그러자면 지리를 익히는 게 급하오. 우리의 활동 지역은 여기 우스리스크(소학령)에서 블라디보스토크를 거쳐 나홋카, 그리고 나홋카에서 수청을 거쳐 우스리스크까지로 보면 될 것이오. 어떤 때는 두만강 변까지 가거나, 중국 국경을 넘어 만주에 들어갈 때도 있소. 우리의 임무는 중요한 만큼 위험하기도 하오. 그럼 먼저 지리를 익힙시다."

윤철훈은 지도를 펴 놓고 지명을 짚어 가며 말했다.

"예, 알겠습니다."

"지금 우리가 있는 곳이 수청이요. 여기부터 블라디보스토크까지는 480리요. 큰길을 따라 걸어가면서 어디쯤에 우리 동포들의 동네가 있는지, 또 어디에 샛길이 나 있는지 익히도록 하시오. 그리고 가다 보면 일본군 막사가 있는데, 어느 곳에 몇 개씩 있는지도 기억하시오. 내일 아침 일찍 출발해서 사흘 후에 블라디보스토크에서 나랑 만납시다."

"예? 그, 그럼 저 혼자 간단 말입니까?"

이광민은 소스라치게 놀라고 말았다.

"허허허…… 걱정 마시오. 대낮에 큰길을 걷는 데다가 농부 차림을 할 테니 위험하지 않소. 일본군은 농부들을 의심하지 않소. 무식해서 아무짝에도 쓸모없다는 거요. 그러나 검문을 당할 경우를 대비해야 하오. 이 동지는 수청 원봉 마을에 사는 김상길인데 블라디보스토크 스보르스카야 큰형님댁에 아버지 제사를 지내러 가는 것이오. 큰형님 이름은 김상호요."

윤철훈은 여유 만만하게 웃으며 말했다.

"거짓말이 들통 나면 어쩝니까?"

"허허허…… 거짓말 같소? 그 사람들은 지금 엄연히 살아 있는 사람들이오."

윤철훈은 호탕하게 웃었다.

"아, 예……."

이광민은 그 치밀함에 놀라며, "그럼 윤 동지는 신한촌의 김상호 씨 집에서 만나게 되는 겁니까?" 하고 조심스럽게 물었다.

"역시 눈치가 빨라서 좋소. 그 집에서 사흘 후에 만납시다."

다음 날 새벽, 이광민은 농부로 꾸몄다. 허름한 한복에 지게에는 짚신 두 켤레까지 매달려 있었다.

"이건 쌀 닷 되와 콩 두 되요. 제사에 가져가는 제물이오. 혹시 검문을 당하게 되면 일본군보다는 조선 놈 통변을 조심하시오. 사흘 후 해거름에나 도착하게 될 것이오. 그날 밤까지 안 오면 못 오게 된 것으로 알고 나는 블라디보스토크를 뜨겠소. 만약 다음 날 그 집에 도착하면 그 집에서는 이 동지를 아는 척하지 않을 것이오."

찬바람 도는 윤철훈의 말이었다.

"그리고 이건 사흘치 노자요. 대략 100리 간격으로 있는 마차역에서 숙식을 해결하고, 어두워지면 절대 걷지 마시오. 검문이 심하고, 자칫 잘못하다가는 사격을 당할 수 있으니까."

"알겠습니다."

이광민은 어금니를 맞물었다.

"사흘 후에 만납시다."

윤철훈이 손을 내밀었다. 이광민은 그의 손을 잡았다. 손아귀에 전해 오는 그 거센 힘에서 윤철훈의 뜨거운 마음이 느껴졌다.

이광민은 지게를 짊어지고 길을 잡았다. 서쪽으로 뻗은 480리

길을 사흘 만에 걸어야 했다. 이 일이 길을 익히게 하려는 것만은 아니라는 것을 이광민은 잘 알고 있었다. 이 일은 선요원으로서의 담력과 기동력을 보려는 종합 시험이었다.

'다음 날 그 집에 도착하면 그 집에서는 이 동지를 아는 척하지 않을 것이오.'

윤철훈의 말이 쟁쟁히 울렸다. 아는 척하지 않는다는 것은 조직원으로 취급하지 않는다는 뜻이었다. 그러나 진짜 뜻은 바로 제거를 의미했다. 그사이에 왜놈들의 앞잡이로 변질되었을지도 모르기 때문이었다. 그건 이미 서약한 조직의 규율이었다. 그만큼 선요원의 임무는 막중했다.

이광민은 줄기차게 걸었다. 그런데 끈질기게 달라붙어 떨어지지 않는 생각이 있었다.

'윤철훈이 뒤따라오고 있나……?'

몇 번이고 뒤를 돌아보고 싶었다. 그러나 그럴 수는 없었다. 누구에겐가 의심 살 행동을 할 수는 없었다.

시호테알린산맥이 하루 종일 따라왔다. 왼쪽에서 따라오다가 어느 때는 앞을 가로막아 고개를 넘기도 했다.

이광민은 어둑어둑해져서 걷기를 멈추었다. 검문은 당하지 않았다. 일본군이 타고 지나가는 자동차를 세 대 보았을 뿐이었다. 이광민은 저녁을 먹자마자 깊은 잠에 빠져들었다.

시호테알린산맥은 이튿날 점심 무렵까지 따라오다가 슬며시 자취를 감추었다. 그 산맥이 사라지자 길 양쪽으로 평지가 펼쳐졌다. 평지에 논이 보이면 얼마 가지 않아 어김없이 조선 사람 마을이 나타나고는 했다.

해거름이 되자 일본군 막사 보였다. 그 막사들은 높직한 언덕바지에 붉은 벽돌로 큼직큼직하게 지어져 있었다.

이광민은 저녁을 먹자마자 어제보다 더 심한 잠의 파도에 휩쓸렸다.

사흘째는 먼동이 트자마자 길을 나섰다. 아침 대신 콩 두 주먹을 씹으면서 걸었다. 날콩의 비린내쯤 익숙해진 지 이미 오래였다. 콩이 덜 볶아져 비린내가 난다고 한입 가득 씹던 인절미를 뱉어 내던 일이 꿈만 같았다. 그게 장가를 들고 나서 한 짓이었다. 그 일로 아내는 어른들에게 얼마나 궁지에 몰렸을 것인가? 그러나 그땐 아내를 딱하게 생각할 줄 몰랐다.

이광민은 고개를 내둘렀다. 아이의 얼굴은 흐릿한데 아내의 얼굴은 또렷하게 떠올랐다. 아내를 생각하고 싶지 않은 게 아니라, 그런 생각에 빠져 길을 놓치면 큰일이었다.

붉은 벽돌 막사는 갈수록 많았다. 초소도 자주 나타났고 군용차량도 많아졌다. 블라디보스토크가 차츰 가까워지고 있다는 증거였다.

블라디보스토크 초입에서 검문을 당했다. 일본 헌병은 이광민의 쌀자루와 콩자루를 다 쏟았다. 그리고 옷고름과 바지 끈을 풀게 해서 몸을 샅샅이 뒤졌다. 아무것도 나오지 않았고, 이광민은 무사히 검문소를 통과했다.

신한촌에 들어섰을 때는 뉘엿뉘엿한 해가 넓은 만을 붉게 물들이고 있었다.

이광민은 윤철훈이 알려 준 김상호의 집을 쉽게 찾았다.

"형님, 형님, 상길이 왔습니다."

이광민은 암호를 댔다.

이내 방문이 열리면서 한 남자가 나왔다.

"윤나는 철판을 압니까?"

그 남자가 무표정하게 물었다.

"예, 훈춘에서 납니다."

이광민은 '윤철훈'이라는 2단계 암호를 댔다.

"수고하셨소. 너무 빨리 와서 놀랐소."

그 남자가 이광민의 손을 덥석 잡았다.

그 남자는 방으로 들어가지 않고 뒤란으로 돌아갔다. 그리고 뒷문을 열고 두 집을 옆으로 거쳤다. 그리고 다시 한 집을 지나 그 옆집에 발을 멈추었다.

"수청에서 도착했소."

그 남자의 말과 함께 방문이 열렸다. 얼굴을 내민 사람은 농부 차림의 윤철훈이었다.

"이 동지, 수고했소. 이렇게 빨리 올 줄 몰랐소. 이 동지가 홍범도 장군 휘하인 줄은 알았지만, 참 대단하시오."

윤철훈이 이광민을 얼싸안으며 떨리는 목소리로 말했다.

"원 별말씀을……."

그렇게 말하면서도 이광민은 맡겨진 일을 해냈다는 자신감이 뿌듯하게 차올랐다.

다음 날 이광민은 혼자 블라디보스토크를 떠났다. 지게에는 소금에 절인 생선 예닐곱 마리가 얹혀 있었다. 그러나 이광민은 윤철훈이 부두에서 빼낸 일본군에 대한 정보를 가지고 가는 것을 모르고 있었다.

이광민은 그런 식으로 한 달에 걸쳐 지리를 샅샅이 익혔고, 넉 달이 지나면서 수청 일대의 산악 지대를 다 돌면서 빨치산 부대가 50여 개인 것을 알았다. 큰 부대는 인원이 삼사백 명이었고, 작은 부대는 사오십 명쯤이었다. 그 부대들의 전체 대원들 중에서 3분의 2 정도가 조선 사람들이었고, 나머지가 러시아인들이었다. 거의가 두 나라 사람이 함께 편성된 혼합 부대였다.

수청이라는 곳은 굽이굽이 산줄기로 이루어진 산악 지대였다. 빨치산 부대들은 그 산줄기를 타고 다니며 일본군과 싸웠다. 좌에서 치고 우로 빠지고, 동에서 치고 서로 빠지고, 남과 북에서 협공을 하고, 그보다 더 좋은 빨치산 투쟁지는 없었다. 그곳을 '빨치산스크'로 이름 붙인 것은 결코 우연이 아니었다.

산세만 빨치산에게 유리한 게 아니었다. 분지마다 크고 작은 조선 사람 마을이 있었다. 그들은 빨치산의 열렬한 지원자들이었고 충실한 정보원들이었다.

일본군은 어려움을 겪고 있었다. 어느 마을에고 머무르게 되면 수청의 특이한 지형 때문에 고립을 불렀고, 그날 밤으로 빨치산에게 포위당해 몰살을 면치 못했다.

그 때문에 일본군은 마을과 빨치산의 연계를 끊으려고 조선 사람을 마구잡이로 죽이고 집을 불태웠다. 그렇게 해서 죽은 조선 사람이 1천 명을 넘고 불탄 마을이 예닐곱 개나 되었다. 그럴수록 빨치산의 투쟁은 치열해졌다. 가족을 잃은 대원이 적지 않았고, 그 원한이 적개심을 더 키웠다.

겨울이 깊어 추위가 닥치고 산이 온통 눈으로 뒤덮이면서 일본군의 공격은 잦아들었다. 그러면서 입장이 바뀌어 빨치산이 일본군을 공격해 들어갔다.

눈밭 행군에 단련된 빨치산은 야간공격을 감행했고, 그럴 때면 선요원들이 길잡이로 앞장섰다. 그리고 눈바람이 거친 날에는 낮에도 일본군 차량을 공격했다. 빨치산은 길 가까운 산에 매복해 있다가 순식간에 차량을 공격하고는 다시 산속으로 자취를 감추어 버렸다.

해가 바뀌고 겨울이 끝나 가면서 선요원들은 블라디보스토크에 들어갈 수 없게 되었다. 일본군의 경계가 극심해졌던 것이다.

“경계가 그렇게 심해진 게 그 소문과 관계있을까요?”

이광민이 윤철훈에게 물었다.

일본군이 더 견디지 못하고 러시아 땅에서 밀려날 거라는 소문이 돌고 있었다.

“그럴지도 모르겠소. 위기에 몰릴수록 방어는 심해지는 것이니까.”

“블라디보스토크에 못 드나들면 우리 일이 더 어려워지겠지요?”

“당분간 좀 지장이 있겠지만 조직을 확대하면 별문제 없을 거요.”

윤철훈은 언제나 그렇듯 여유로웠다.

“왜놈들이 여기서 밀려나면 만주에는 어떤 영향이 미칠까요?”

“모두 일본으로 밀려간다면 별문제 없겠지만, 만약 그 일부라도 조선 땅으로 투입되면 바로 문제가 생기지 않겠소?”

“그놈들이 그럴 수도 있지요?”

“시베리아에서 실패했으니까 그 욕심을 만주로 뻗칠지도 모르겠소.”

“그렇겠군요…….”

이광민은 자신의 생각과 비슷해 고개를 끄덕였다.

그다음부터 블라디보스토크에 대한 정보는 인근 농가들을 통해 입수했다. 어느 때는 정보 문건이 어떤 할머니의 치마 말기 속에서 나오기도 했고, 또 어느 때는 어떤 농부의 지게등받이 속에서 나오기도 했다.

여름이 되면서 일본군이 밀려난다는 게 확실해졌다. 그 소식과 함께 빨치산 활동은 더 치열해졌다. 사기가 떨어진 일본군을 타격해 하루라도 빨리 몰아내려는 것이었다.

그러나 빨치산은 9월로 접어들면서 모든 전투를 중단했다. 일본군이 모두 철수한다는 조건 아래 소련 정부와 전투 중단 협상이 이루어진 것이었다. 마침내 일본군을 물리친 빨치산은 환호하며 서로 얼싸안았다.

일본군은 1922년 10월, 러시아 땅에서 완전히 밀려났다. 윤철훈과 이광민은 마차를 타고 블라디보스토크로 달렸다.

"오늘 밤엔 맘 놓고 술을 마십시다."

"김상호 동지도 함께하면 좋겠군요."

"아, 물론이오."

윤철훈이 기분 좋게 웃었다.

이광민은 일본군이 사라진 블라디보스토크의 신한촌에 다시 발을 디디는 것이 눈물겨웠다.

"이쪽은 내 사촌 누이동생 윤선숙, 이분은 투철한 혁명 투사 이광민 선생!"

윤철훈은 흥겨운 목소리로 이광민과 윤선숙을 인사시켰다.

"안녕하세요, 윤선숙이라 합니다."

여자는 고개를 까딱 하면서 손을 불쑥 내밀었다.

"예, 저는 이광민입니다."

이광민은 웃으면서 윤선숙의 손을 잡았다. 그러나 여자와 악수하는 게 어색했다.

"우리 선숙이는 블라디보스토크에서 태어나 학교도 러시아인 학교를 다녀서 러시아식이 몸에 배었소. 그래도 조선말 잘하고, 동포 학교에서 아이들 잘 가르치고 있으니 그만하면 장하지 않소?"

윤철훈은 여동생을 무척 대견해하는 눈치가 그대로 드러났다.

"아 예, 학교에서 일하시는군요."

이광민은 새삼스레 윤선숙을 바라보았다.

"오늘은 맘 놓고 술이나 마시자. 선숙아, 우리 소원 좀 풀어 줄 수 있지?"

"그럼요."

윤선숙이 상큼하게 웃으며 몸을 일으켰다.

"그리고 김상호 동지도 좀 불러오도록 해."

"김상호 동지요?"

"아, 넌 그 이름을 잘 모르겠구나. 거 왜, 우리 집 옆집에서 부두 노동하는……."

"키 좀 큰 유 씨 말인가요? 아니, 유 씨도 오빠하고 그런 관계였어요?"

윤선숙의 눈이 커졌다.

"그래, 그분이 고생 많이 했지."

"어머, 오빤 모르고 계시는군요. 그분 죽었을 거예요."

"뭐, 뭐라고? 그게 무슨 소리야!"

윤철훈이 소스라쳤고, 이광민도 가슴이 쿵 울렸다.

"왜놈들이 떠나면서 밀린 노동자들의 임금을 안 주려고 했어요. 그래 노동자들이 시위를 벌여 배를 못 떠나게 막았어요. 그랬더니 왜놈들은 돈을 줄 테니 대표만 배로 올라오라고 했어요. 그래서 러시아 사람 둘하고 유 씨가 올라갔는데, 노동자들이 흩어진 사이에 배가 떠나고 만 거예요. 노동자들이 부두에서 소리소리 지르며 난리를 쳤지만 이미 떠난 배를 어쩌겠어요. 사람들 말이, 왜놈들이 세 사람을 무거운 것에 매달아 바다에 던졌거나, 배 아래 석탄 화구에 밀어 넣었을 거래요."

8

농장 조합원들의 회의

석탄이 타고 있는 무쇠 난로의 불룩한 배가 벌겋게 달아 있었다. 탁자에 둘러앉은 열서너 명의 농장 조합원들은 하나같이 양복 차림으로 멋을 부리고 있었다.

“에에 또, 그러니까 우리 농장들은 총독부의 산미증식계획에 적극 따르기 위해 내년부터 소작료를 인상하기로 합시다.”

회장 요시다가 거만스럽게 말했다.

“지금은 소작료 인상이 급한 게 아니라 소작료를 인상할 수 있는 여건을 마련하는 게 더 급하다고 생각됩니다.”

하시모토가 곧바로 요시다에게 화살을 날렸다.

“하시모토 상, 그게 무슨 말이오? 모두가 납득할 수 있게 구체적으로 말하시오."

요시다는 하시모토를 바라보며 뒤틀리는 감정을 꾹 눌렀다.

"예, 지금 전남 순천에서는 소작료를 내리라는 소작인들의 난동이 일어나고 있어요. 그건 바로 공산주의자들이 소작인들을 조종하고 선동하기 때문입니다. 우리 농장에서도 언제 그런 난동이 일어날지 모릅니다. 그러니 소작료를 올리기 전에 이 지역에서 암약하고 있는 공산주의자들을 색출하고 그 조직을 완전히 제거해야 합니다. 그냥 무턱대고 소작료를 올렸다가는 난동을 일으키라고 충동질하는 것밖에 안 된다 그 말입니다."

하시모토는 막힘없이 말을 해치웠다. 사람들은 모두 동의하는 눈치였다.

"에에 또, 공산주의자들은 그리 염려할 게 없소. 왜냐하면 지난 8월에 벌써 총독부 경무국장이 공산주의에 대한 단속 방침을 발표했고 경찰이 검거 활동을 시작했단 말이오."

요시다의 정면공격이었다.

"그러나 대규모 난동이 연이어 일어난 것은 왜 그렇습니까? 경찰이 공산주의자들을 검거하지 못했기 때문 아닙니까? 일에는 순서가 있어야 합니다."

하시모토는 거침없이 맞받아쳤다.

"아니, 그럼 하시모토 상은 우리 경찰을 못 믿겠다는 거요?"

요시다가 벌컥 화를 냈다.

"무슨 말을 그리하시오. 여기 증인들이 수두룩하지만 난 그런 말 하지 않았어요."

하시모토의 입가에 비웃음이 스치고 지나갔다.

"그 말이 그 말이지 뭐요?"

"천만에요. 난 사실을 말했을 뿐이고 내가 하려는 말은 따로 있어요. 그게 뭐냐 하면, 우리가 지금 결정할 것은 소작료 인상이 아니라, 어서 공산주의자들을 검거해 달라고 수사를 촉구하는 일입니다."

"아, 그것 참 좋은 생각이오."

"그럽시다. 난동이 일어나 소작료도 못 올리고, 농사도 망치면 이중으로 손해 아니겠소."

사람들은 어느덧 찬성을 넘어 결정을 하려 들었다.

요시다는 화가 치밀었다. 하지만 그의 말을 깨부술 만한 다른 묘안이 없었다.

"좋소, 그럼 모두 하시모토 상의 의견에 찬성합니까?"

요시다는 애써 감정을 감추며 회원들에게 물었다.

"예, 찬성합니다."

"그렇게 합시다."

회원들 모두가 찬성했고, 요시다는 치밀어 오르는 울화를 억누르며 하시모토의 의견을 결정 사항으로 발표할 수밖에 없었다.
요시다는 이틀 후에 회원 둘을 데리고 경찰서장을 방문했다. 두 회원 중에 하시모토가 끼어 있지 않은 것은 물론이었다.
요시다는 경찰서장에게 조합의 결정 사항을 설명했다.
"농장을 경영하는 입장에서 염려하는 것은 좋으나 경찰 업무에 간섭해서는 안 됩니다."
서장은 불쾌한 표정을 지었다.
"아니, 간섭이라니요? 우린 총독부의 산미증식계획에 적극 호응하기 위해 그 방해꾼들을 조속히 검거해 달라고 건의하는 것뿐인데요."
요시다는 문서에 '촉구'라고 한 것을 '건의'로 바꾸고 있었다.
"그래요? 하지만 순천 지방에서 일어나고 있는 난동은 오히려 잘된 것이오."
서장이 불쑥 내쏘았다.
"뭐, 뭐라고요?"
세 사람은 눈이 휘둥그레졌다.
"그 난동은 다 조센징 지주들 농장에서 일어났소. 그럼 그 난동은 누가 진압하겠소? 우리 일본 경찰 아니오. 우리 경찰의 힘으로 위기를 넘긴 조센징 지주들은 어떻게 하겠소? 은혜를 입은 만큼 대일본 제국과 총독부에 충성을 바칠 게 아니겠소? 그러니까 조센징들 농장에서는 계속 난동이 일어나는 것이 좋소. 그럴 수록 재력 든든한 친일파를 자연스럽게 확보할 수 있으니까. 이제 내 말 알아들었소?"

서장은 입가에 비웃음을 물며 세 사람을 천천히 둘러보았다.

"그렇지만 그 여파가 우리 일본인 농장까지 파급되는 건 안 생각하시오?"

요시다가 밀리지 않고 공박했다.

"아하, 그 난동을 진압하면서 또 한 가지 큰 수확이 있소. 아무리 비밀 조직이라 해도 일단 난동이 벌어지면 주모자들이 드러나게 마련이오. 숨어 있던 공산주의자 놈들을 그때 다 잡는다 그거요."

서장은 몸을 뒤로 부리며 거만스러운 웃음을 지었다.

요시다는 말이 막히고 말았다.

"그럼 난동이 일어나더라도 소작료를 인상하라 그겁니까?"

"그야 내가 이래라저래라 할 일이 아니오. 그러나 만약 난동이 일어났을 경우에는 우리 경찰이 신속하게 진압하고 그 주모자들을 모조리 잡아들이겠다는 것이오."

"그렇다면 소작료를 인상해야 되겠소."

요시다는 하시모토에게 보복하는 기분으로 말했다.

"좋도록 하고, 이건 다시 가져가시오."

서장이 요시다에게 문서를 내밀었다.

"그것 참, 골치 아프게 공산주의라는 게 생겨나 가지고 원……."

요시다가 짜증스럽게 혀를 찼다.

한편, 하시모토는 그동안 막연하게 궁리만 하던 농장 관리 체계를 이틀 만에 새로 짰다. 그는 도표를 들여다보며 빙긋이 웃고 있었다.

누군가가 사무실 문을 두드리고 들어섰다.

"아 장 차석, 어서 오시오."

장칠문이었다. 원래 두루뭉술하게 생긴 얼굴에 콧등이 꺼지고 보니 인상이 더 험해 보였다.

"그 중놈은 아직도 꼬리를 못 잡았소?"

하시모토가 도표를 덮으며 불쑥 물었다.

"아 예, 아직 못 잡았습니다."

장칠문은 의자에 앉으려다 말고 엉거주춤 섰다.

"그놈 잡기는 틀렸소. 그때가 벌써 언젠데."

"아닙니다, 꼭 잡고 말 겁니다."

장칠문의 얼굴이 옹색하게 일그러졌다.

"됐소, 그건 그렇고. 요즘 수상한 자들이 우리 면에 나타나지 않았소?"

하시모토의 말투가 거칠어졌다.

"그런 일 없습니다. 철저하게 경계하고 있으니 염려 마십시오."

"자, 편히 앉아서 내 이야기 들으시오. 이번에 농장 관리 체계를 군사 조직으로 완전히 새로 짰소."

"군사 조직이라니요?"

"그건 차차 알게 될 거고, 장 차석이 새로 할 일이 있소. 소작인들을 군사 조직으로 짜는 건 공산주의자들이 침투하는 것을 막기 위해서요."

"아, 그렇습니까?"

"그러니까 장 차석은 우리 면에서 글줄이나 읽는 자들의 명단을 모조리 작성하고, 우리 농장 소작인들 중에서 신식 공부를 한 친척이 있는 자들을 빠짐없이 조사하시오. 빨리 끝낼수록 좋소. 장 차석이 수고하는 건 잊지 않겠소. 가서 일 보시오."

하시모토의 말은 격려였다. 그러나 협박이기도 했다.

"예, 곧 보고 올리겠습니다."

장칠문은 절도 있게 거수경례를 붙였다.

장칠문은 하시모토의 사무실을 나서며 숨을 몰아쉬었다. 하시모토 앞에만 서면 언제나 경찰서장이라도 만난 것처럼 주눅이 들었다.

"이눔아, 세상 돌아가는 것을 남보다 먼저 알고, 사람을 제대로 볼 줄 알어야 출세허는 것이여. 하시모토는 예사 것이 아니여. 젊은 것이 10년 새 그 넓은 땅 차지헌 것 봐라. 그런 하시모토가 니를 쓴다는디 그보다 좋은 일이 어딨어? 죽산면에 가서 하시모토

비위 잘 맞추고 있으면 니 출셋길이 훤히 열릴 것이여."

아버지의 이 말을 죽산면에 와서야 실감했다.

장칠문은 공허에게 얻어맞아 다친 것을 공무 수행을 하다가 입은 부상이라고 내세워 군산으로 자리를 옮길 궁리를 했다. 그래서 공허와 격투를 벌였다는 것을 소리 높여 광고했다. 그러나 공허를 잡지 못했으니 일이 뜻대로 풀릴 리 없었다. 그런데 장덕풍이 우체국장 하야가와를 만나러 갔다가 하시모토를 보게 되었다.

"그 악질 중놈하고 싸웠다는 순사가 당신 아들이오? 그렇잖아도 내가 만나 보려고 했소."

하시모토는 장칠문의 그 저돌적인 충성에 값을 쳐주고 있었다.

하시모토의 부름을 받은 농감 다섯 명이 하시모토의 책상 앞에 줄지어 서 있었다.

"오늘부터 농장 관리 조직을 군대식으로 바꾼다. 지금까지 농감 밑에 있던 소작인들을 앞으로는 아홉 명씩 묶어 분대로 편성한다. 그동안 여러 번 말한 대로 조센징 공산주의자들의 침투를 막기 위해서다. 그럼 어떻게 하느냐! 아홉 명 중에 하나를 대표인 분대장으로 앉히고, 그 분대원이 단 한 명이라도 공산주의자와 접촉하면 아홉 명 모두의 소작을 몰수해 버린다. 그리고 그 위의 소대장, 중대장까지 소작을 몰수한다. 농감인 너희들은 이제 연대장이 되는데, 문제가 생긴 연대장은 그날로 내쫓을 것이다. 이 점

명심하라."

하시모토는 느닷없이 소리치며 발로 마룻바닥을 굴렀다.

"예, 예에……."

"저어…… 그렇게 되면 소작인들이 서로서로 감시하게 되는 것 아닙니까?"

한 농감이 어덜리는 목소리로 물었다.

"그렇지, 바로 그거야."

하시모토는 입꼬리 돌아가는 웃음을 지었다.

아이들이 토담 모퉁이의 양지바른 빈터에서 뛰놀고 있었다. 꾀죄죄한 입성들은 추워 보이고 윤기 없는 얼굴들은 배고파 보였지만 놀이에는 신명이 붙어 있었다.

아이들은 두 팔들을 활짝 벌리고 허리를 약간씩 구부리고 뛰면서 양쪽으로 벌린 팔을 높였다 낮추었다 기울였다 했다.

아이들은 신명 나는 뜀질에 맞추어 노래를 불렀다.

떴다 비행기 보아라 안창남
장하다 안창남 조선의 건아
청년들아 본받자 저 높은 기상
장하다 안창남 조선의 건아

아이들의 몸짓은 바로 비행기 날아가는 흉내였다. 그리고 그 노래는 조선 사람으로서는 최초로 일본에서 명성을 떨친 청년 비행사 안창남의 모국 방문 비행을 놓고 생긴 것이었다.

안창남의 모국 방문 비행은 여의도에서 벌어졌다. 그 소식은 곧 온 나라로 요란하게 퍼져 나갔다.

안창남 이야기가 전국을 떠들썩하게 한 것은 그것이 단순한 구경거리나 호기심거리이기 때문만이 아니었다. 그것은 조선 사람도 일본 사람을 넘어설 수 있다는 식민지 백성들의 슬픈 위안이었고, 젊은이들의 용기를 북돋우는 일이었던 것이다.

아이들은 그런 뜻을 알고 그러는지 어쩌는지 끝도 없이 노래를 부르며 하늘을 날아가는 시늉을 했다.

하시모토는 말을 타고 지나다가 고삐를 잡아채 말을 멈추었다. 아이들의 노래에 가만히 귀를 기울이는 하시모토의 얼굴빛이 사납게 변했다. 그는 말머리를 아이들 쪽으로 돌렸다.

"요런 못된 놈들! 그 노래 누가 가르쳐 주었느냐?"

아이들은 일시에 딱 굳어지며 얼굴이 파랗게 질렸다.

"그냥, 아그들 따라 그냥 불렀구만이라."

아이들 대답은 모두 똑같았다.

"바까야로!"

하시모토는 말채찍으로 자기 가죽 장화를 갈기며 소리쳤다.

아이들이 움찔 놀라 목이 움츠러들었다. 어떤 아이는 울먹거렸다.

"그 노래 또 부르다가 들키는 날에는 소작을 뺏고 농장에서 쫓아내 버릴 것이다. 무슨 말인지 알겠지!"

"야아, 다시는 안 그러겄구만요."

"야아, 알겄구만이라우."

아이들은 눈물을 훔치고 울음을 추스르며 제각기 대답했다.

하시모토는 그놈의 불순한 노래가 자신의 농장까지 스며든 것을 생각하면 화를 누를 길이 없었다. 그따위 노래가 농장에 퍼진 것은 불온한 놈들의 손길이 농장에 미치고 있다는 증거일 수도 있었다. 그리고 아이들이 마음 놓고 노래를 부르는 것을 보면 주재소 놈들은 아무것도 모르는 게 분명했다.

다음 날 하시모토에게 호된 추궁을 당한 주재소 순사들은 독이 올라 이 동네 저 동네를 싸돌아다녔다.

'어디 그놈의 노래만 불러 봐라. 아새끼들은 말헐 것도 없고 부모들가지 줄줄이 엮어 들일 것잉게.'

장칠문은 누구든 걸려들기를 바라며 눈에 불을 켜고 돌아다녔다. 그러나 이틀 동안 발바닥이 부르트게 싸돌아다녀도 그 노래는 들을 수 없었다. 그 노래는 고사하고 어른들 사이에서 한창 나돌던 안창남 이야기도 씻은 듯이 들리지 않았다.

며칠째 허탕을 치고 돌아다닌 장칠문은 지칠 만큼 지쳐 주막에서 막걸리로 목을 축이고 있었다.

"안에 누구 계신가요? 말 좀 묻겄는디요."

밖에서 들려오는 남자의 목소리였다.

"어디를 찾소?"

주모가 술청 문을 열었다.

"김 참봉댁을 찾는디요."

"음마, 말로만 듣던 사각모 쓴 대학생 아니여? 앉은 자리에 풀도 안 나는 김 참봉댁은 저쪽으로 두 동네를 더 가야 허요."

"예, 고맙구만요."

그때 장칠문은 주모가 빠끔하게 열고 있는 술청 문을 활짝 열어젖히며 소리쳤다.

"어이, 거기 서!"

몇 걸음을 옮기던 대학생이 고개를 돌렸다. 대학생 교복을 입고 작은 보자기를 든 사람은 송중원이었다.

"어찌 그러시오?"

순사가 갑자기 나타나 놀라고도 송중원은 침착하게 응대했다.

"어찌 그러는지는 주재소에 가면 알게 되겄제."

장칠문은 일부러 표정을 고약하게 지으며 송중원의 혁대를 붙들었다.

"아무 잘못도 없이 주재소는 왜 가요?"

“말이 많어. 가자면 가는 것이제!”

장칠문은 송중원의 혁대를 잡아 뺐다. 그리고 바지 앞섶을 양쪽으로 힘껏 잡아챘다. 작은 단추들이 와드득 떨어졌다. 송중원은 흘러내리려는 바지를 붙들고 재빨리 앞섶을 여몄다.

“걷어차이지 않을라면 부지런히 걸어!”

장칠문은 송중원의 어깻죽지를 치며 앞세웠다.

“체, 또 생사람 잡네, 빌어먹을 놈.”

주모가 술청 문을 쾅 닫았다.

송중원은 바지를 거머잡은 채 빨리 걸을 수밖에 없었다. 주재소든 어디든 자신의 꼴을 한시라도 빨리 감추고 싶었던 것이다.

주재소에 도착한 송중원은 소지품부터 다 꺼내 놓아야 했다.

“요것 공산주의 책이제?”

보자기에서 나온 네댓 권의 책을 흩뜨리며 장칠문이 대뜸 말했다.

“아니오. 보면 알 것 아니겄소.”

송중원은 퉁명스럽게 내쏘면서 자신이 왜 잡혀 왔는지 알아챘다. 그러면서 속으로 비웃었다.

‘멍청한 놈, 공산주의 서적을 버젓이 들고 다니는 사람이 어딨냐?’

지난 8월에 단속령이 내려지면서 유학생들은 공산주의 서적을 함부로 지니고 다니지 않았다.

"개벽? 요것들은 다 개벽이고, 요것은 또 뭐여? 또르스또이 인생론? 요것이 다 무슨 책이여?"

장칠문이 책을 뒤적이며 물었다.

"개벽은 잡지고, 톨스토이 인생론은 인생살이 교훈이오. 다 총독부서 허가헌 책이오."

송중원은 빨리 주재소를 벗어나려고 총독부를 앞세웠다.

"뭐, 총독부? 공산주의 허는 놈들이 책 껍데기만 다른 책으로 바꿔서 눈속임허능 것 모를 줄 알어?"

장칠문이 송중원을 꼬나보았다.

송중원은 그만 가슴이 섬뜩해졌다. 그건 유학생들이 종종 쓰는 방법이었다.

"나야 공산주의에 관심 없는 사람잉게 얼른 책을 조사혀 보시오."

송중원은 태연하게 말했다.

"요 책들은 어째서 들고 댕겨?"

"빌린 것잉게 갖다 줄라고요."

《개벽》은 5월호부터 연재된 이광수의 「민족개조론」을 읽어 보려고 빌렸고, 톨스토이 『인생론』은 책값이 비싸 빌린 책이었다.

"김 참봉 아들허고 친혀?"

"예, 같은 학교 댕긴 동무요."

"그놈이 공산주의 헌다는 소문인디?"

장칠문이 불쑥 내질렀다. 갑자기 넘겨짚어 반응을 보려는 유도 심문이었다.

"허, 지주 아들이 공산주의를 혀요? 갸는 공산주의를 너무 싫어혀서 탈이오."

송중원은 장칠문의 의도를 환히 들여다보며 여유 있게 비켜섰다.

"탈이라니? 그럼 공산주의를 혀야 옳다 그것이여?"

장칠문이 말꼬리를 잡아챘다.

"아니, 그것이 아니고……."

"아니기는 뭐가 아니여. 니놈이 공산주의를 전헐라고 혀도 안 된다 그 말이 아니여?"

"그것이 아니고 공산주의를 그만치 싫어헌단 말이오."

"잡소리 말어!"

장칠문은 고함과 함께 송중원의 얼굴을 후려쳤다.

"일어나! 니놈이 바로 공산주의자여."

장칠문은 송중원의 멱살을 잡아 일으켰다. 그리고 유치장에 떼밀어 넣었다.

9

백설의 땅

하바로프스크의 3월은 아직도 하얀 눈옷을 입고 있었다. 두껍게 쌓인 눈 속에서 도시는 깊은 겨울잠을 자고 있었다.

"저 건물에서 한인사회당이 조직되었습니다. 1918년 6월 26일에 이동휘 선생께서 주도하셨지요."

윤철훈이 걸음을 멈추고 길 건너편을 가리켰다.

"아, 그렇습니까!"

윤철훈을 따라 걸음을 멈춘 이광민의 목소리에 반가움이 넘쳤다.

"저 건물도 이젠 유물이 되고 말았습니다. 한인사회당은 이듬해에 본부를 블라디보스토크로 옮기고 이름을 고려공산당으로 바꾸었지요. 그것까진 좋은데, 고려공산당은 작년 12월에 코민테른의 지시로 해체되어 버리고 코민테른 극동총국 휘하에 고려국이 설치되지 않았습니까? 고려공산당이 해체되어 버렸으니 저 건물은 유물 이상의 의미가 없는 것이지요."

윤철훈의 말끝에 한숨이 묻어났다.

"예에……."

이광민은 무겁게 고개를 끄덕였다.

"그런데…… 고려공산당이 5년 만에 해산당한 것이 꼭 내분 때문이었을까요?"

이광민은 의문스러웠던 생각을 꺼냈다.

"아니 그럼, 무슨 다른 이유라도 있는 것 같은가요?"

윤철훈이 민감하게 반응했다.

"이건 그냥 혼자 생각인데, 혹시 나라가 없어서 무시당한 건 아닐까요? 내분은 빌미일 뿐이고 말입니다."

이광민은 하지 말아야 할 소리를 하는 건 아닌가 하면서도 그동안 품어 온 의문을 털어놓았다.

"그래요? 그건 전혀 생각해 보지 못한 문젭니다. 나라가 없어서 무시당했다……."

윤철훈은 이광민의 말을 되씹으며 골똘하게 생각하는 얼굴이 되었다.

"……아무리 생각해 봐도 나라가 없어서 그런 것 같지는 않군요. 어쨌거나 내분이 원인인데, 모든 잘못은 이르쿠츠크파에 있습니다. 왜냐하면 한인사회당을 먼저 결성한 건 엄연히 이동휘 선생입니다. 그리고 이르쿠츠크파는 러시아에 귀화한 자들이니까 이미 한인 자격이 없는 것입니다. 그런데 그자들이 뒤늦게 당을 조직해 한인 행세를 하면서 분열을 일으킨 것 아닙니까?"

윤철훈의 말은 단호했다. 그의 얼굴에 분노의 빛이 드러났다.

이광민은 문득 놀랐다. 그의 판단이 예리하고 새로웠던 것이다.

"예, 저는 그렇게 생각하지 못했는데 듣고 보니 맞는 것 같습니다. 그런데, 그런 사실을 코민테른에 알리지 않았던가요?"

이광민은 새로운 의문이 생겼다.

"왜 안 알렸겠어요."

윤철훈이 푹 한숨을 내쉬었다.

그 한숨에는 코민테른이 그 사실을 묵살했다는 대답이 담겨 있었다. 코민테른은 왜 그 사실을 묵살했을까? 이미 러시아에 귀화한 사람들이 뒤늦게 조선인 공산당을 조직하고 나선 의도는 또 무엇이었을까?

이광민은 또 자유시 참변이 떠올라 한숨을 지었다. 그 어이없는 사건은 잊으려야 잊을 수가 없었다. 고려공산당의 무모한 파벌 싸움으로 나라를 찾겠다고 나선 젊은이들이 너무나 많이 죽고 다쳤던 것이다. 이광민은 이르쿠츠크파에게 새로운 증오와 분노를 느꼈다.

"저쪽이 아무르강입니다."

한동안 말없이 걷던 윤철훈이 앞쪽을 가리켰다.

중앙로는 널찍한 빈터를 만나면서 끝나고 있었다. 빈터 가장자리로는 발가벗은 듯 키 큰 나무들이 가지를 드러낸 채 줄지어 서 있었다. 그 나뭇가지 너머로 하얀 눈밭이 된 아무르강이 망망하게 펼쳐져 있었다. 이광민은 갑자기 나타난 그 풍경을 멍하니 바라보았다. 아무르강이 그렇게 가까이 있을 줄은 몰랐다.

"가는 길목이니 강변까지 가 보실까요?"

윤철훈이 중앙로와 오른쪽으로 연결되어 있는 길을 건넜다.

이광민은 눈앞에 펼쳐진 끝없는 눈벌판을 망연히 바라보았다. 그 넓고 넓은 눈벌판이 바로 얼어붙은 아무르강이었다.

"저쪽 줄기 보이죠? 저기가 우수리강이 아무르강과 만나는 곳입니다. 그 건너편이 중국 땅이고요. 이쪽에서 저쪽 중국 국경까지 100리가 다 됩니다. 겨울에는 장사꾼들이 얼음 위로 다니지요."

윤철훈이 왼쪽을 가리키며 말했다.

"아니, 저쪽까지 100리나 됩니까? 강이 아니라 바다로군요."

이광민은 새삼스럽게 놀랐다.

"예, 소금기 없는 바다라고도 할 수 있겠지요. 중국 사람들이

흑룡강이라고 이름 붙인 것이 그럴듯하지요. 강이 큰 데다 물이 탁하기도 하니까요. 저기 사람들이 걸어가는군요."

정면에 섬이 하나 있었고, 그 가까이에 사람들의 움직임이 눈에 띄었다. 개미처럼 작아 보였다.

"저 오른쪽에 철교 보이지요? 저게 아무르강을 가로지르는 유일한 다리입니다. 우리가 갈 고려촌은 저 철교 뒤편에 있고요. 이제 가 볼까요?"

윤철훈이 발길을 돌렸다.

이광민은 눈벌판 저쪽에서 불어오는 찬바람을 한껏 들이켰다. 별로 멀어 보이지 않는 중국 국경까지 100리라는데 저 까마득한 벌판의 끝은 얼마나 멀 것인가?

'내가 왜 여기까지 와 있는가!'

불현듯 떠오른 생각과 함께 서러운 감정이 물큰 솟았다. 이광민은 어금니를 꾹 맞물었다. 이 멀고 낯선 곳까지 흘러와 고생스럽게 살고 있는 조선 사람들의 모습이 어른거렸다.

윤철훈은 아무도 없는 눈길을 천천히 앞서 걷고 있었다. 이광민은 축축해진 감정을 다스리며 걸음을 빨리 했다.

"고향 생각이 나시던가요?"

윤철훈이 나직하게 물었다.

"글쎄요…… 꼭 그런 건 아니고……."

이광민은 자신의 감정을 말로 하기 민망해서 그저 얼버무렸다. 그런데 윤철훈의 말에 정말 고향 생각이 왈칵 끼쳐 왔다. 아버지 어머니의 모습과 넓은 들녘과 학교 동무들의 모습이 한꺼번에 뒤엉켰다. 3·1 만세의 그 뜨거웠던 열기도 생생하게 떠올랐다. 많은 얼굴들 가운데 송중원의 모습이 오롯이 남았다.

송중원은 지금쯤 무엇을 하고 있을지…… 무사히 일본으로 유학은 갔을지……. 만약 그렇다면 이미 대학을 졸업했을 것이었다. 그와 헤어진 지도 어느덧 5년 세월로 접어들고 있었다.

"혹시…… 청산리 전투를 치렀다면 방대근이나 김시국 동지를 압니까? 두 사람 다 신흥무관학교 출신이니까 지휘관을 했을 텐데요."

윤철훈이 물었다.

"글쎄요, 홍범도 장군의 대한독립군이 아니고는 잘 모르겠는데요. 연합작전이라 해도 병사들이 서로 교류하며 사귈 수는 없었으니까요."

"아 예, 그랬겠군요."

윤철훈은 담배 연기를 내뿜으며 고개를 끄덕였다.

"잘 아는 사이십니까?"

"아닙니다. 몇 년 전에 한 번 만났는데, 인상에 남아서요. 블라디보스토크로 무기를 구하러 왔었는데 두 사람 다 용맹스러워 보이고 말도 잘했습니다. 함께 투쟁하고 싶은 인물들이었지요. 제가 공산주의 사상에 관심을 써 달라고 했는데 어찌 되었는지 모르겠군요."

"공산주의 물결이 만주에 미친 지도 오래됐지요."

"하지만 그쪽에는 젊은 사람들 앞길을 막는 나이 먹은 사람들이 너무 많아요. 그 사람들이 만주의 주도권을 잡고 있으니 젊은 사람들이 무슨 뜻을 펼 수 있겠어요?"

윤철훈의 목소리가 뜨거워졌다.

"당장은 그럴지 몰라도 끝까지 막을 수야 있겠습니까?"

"그야 그렇지요. 나이 든 사람들이 늙으면 자연히 주도권도 놓을 테니까요. 이 형은 혁명적 낙관주의자로군요?"

윤철훈이 웃었다. 이광민도 그를 마주 보며 웃었다.

그들은 강변의 눈길 30리를 걸어 고려촌에 다다랐다. 아무르강을 가로지르는 철교가 왼쪽으로 바라보이는 고려촌은 앞으로 강을 두고 뒤로는 농토를 깔고 앉은 아담한 마을이었다.

윤철훈은 동네 왼쪽 끝자락에 있는 어느 집으로 거침없이 들어갔다.

"강섭이, 강섭이 있는가?"

윤철훈의 말이 끝나기 바쁘게 판자문이 벌컥 열렸다.

"자네 이제야 오는구만."

반가워하는 목소리와 함께 한 남자가 불쑥 몸을 내밀다 말고 엉거주춤하며, “아니, 동행이 있으신가?” 하면서 빠른 눈길로 이광민을 훑었다.

“응, 인사하게. 이광민 동지일세.”

윤철훈이 그와 악수하며 말했다.

“어서 오십시오. 조강섭입니다.”

그 사람이 먼저 손을 내밀었다.

“첨 뵙겠습니다.”

“이 동지는 홍범도 장군 부대원이었고 수청 지구에서 빨치산 투쟁을 했네.”

윤철훈이 조강섭을 뒤따라 집 안으로 들어가며 말하고는, “조 동지는 빨치산 투쟁을 하다가 재작년에 이곳 소학교 선생으로 옮겨 앉았지요.” 하고 이광민을 돌아보며 말했다.

이광민은 조강섭이 다리를 절룩이는 것을 놓치지 않았다. 그 다리는 그가 왜 빨치산에서 소학교 선생이 되었는지 말하고 있었다.

“시장하지? 밥부터 먹세. 이동휘 선생님은 안녕하신가?”

조강섭은 두 사람에게 앉으라는 손짓을 하며 물었다.

“응, 원체 강골이시니까. 자네한테 안부 전하라는 말씀이 간곡하시데. 그거 내가 할 테니 자넨 앉아 있게.”

“이거 왜 이러나, 여긴 내 집이야. 괜히 다리병신 취급하지 말고 손님이면 손님답게 가만히 앉아 있어."

조강섭이 날카롭게 쏘아붙였다.

"허, 그새 장가나 좀 갈 일이지. 사방에 널린 게 여잔데 장가도 못 가고 큰소리치기는."

윤철훈은 헛웃음을 치며 물러섰다.

조강섭과 윤철훈은 생김부터 대조적이었다. 윤철훈은 뼈대 굵은 몸집에 얼굴이 둥글넓적했고 조강섭은 호리호리한 몸매에 얼굴이 갸름좁장했다. 뚝심 세게 생긴 윤철훈과 성질 세게 생긴 조강섭을 바라보며 이광민은 두 사람 사이에 오가는 남다른 우정을 느끼고 있었다.

"누군 장가가기 싫어서 안 가는 줄 아나? 러시아 여자들이야 흔해 빠졌지만, 어디 조선 처녀가 있어야 말이지."

조강섭은 찬장에서 무언가를 꺼내며 농담조로 말했다.

집은 방과 부엌이 따로 구분되지 않은 함경도식 한 칸짜리였다. 한쪽 벽에 세워진 투박한 책꽂이가 유일한 치장물이었다.

조강섭은 곧 술병과 안주를 두 사람 앞에 갖다 놓았다.

"아니, 이건 철갑상어 아닌가!"

윤철훈이 안주를 보고 반색했다.

"이 동지가 오실 줄 알았지. 밥 먹기 전에 한잔씩 하세."

조강섭이 자리 잡고 앉으며 이광민을 보고 빙긋 웃었다.

이광민도 마주 보며 웃으면서 한결 친근함을 느꼈다. 두 사람의 격의 없는 농담은 사나이들의 첫 대면을 더없이 부드럽게 해주었다. 조강섭은 고정 자금책이었고, 윤철훈은 자금 운반책이었다. 두 사람 다 언제나 긴장하고 신경을 곤두세워야 하는 일을 맡고 있었다. 그런데도 여유 만만하게 농담을 즐겼다.

"보드카에 철갑상어라. 자넨 역시 내 가치를 알아주는군."

윤철훈이 술병을 들며 흡족해했다.

"그래, 2천 리 길 오느라 수고했네. 술은 내가 따라야지."

조강섭이 술병을 빼앗아 잔에 따랐다.

"조국의 독립을 위해서!"

세 개의 술잔이 부딪쳤다. 그 소리는 잔에 든 술처럼 맑았다. 세 사람은 고개를 젖히며 술잔을 단숨에 비웠다.

"홍범도 장군도 뒤로 물러나고, 이동휘 선생님도 이젠 늙으셨지?"

조강섭의 나직한 목소리에 근심이 배어 있었다.

"걱정 마. 이·선생님은 이번 조선인 군대 결성으로 새 힘을 발휘하실 거네."

"그러셔야지. 이동휘 선생님이 군대 이름을 조선인 군대라고 붙인 건 참 잘하신 일이야."

"이르쿠츠크파와 귀화 한인들 세력을 배제하고, 러시아 적군하고도 손을 끊는다는 뜻이지."

윤철훈은 진지해져 있었다.

"귀화한 자들은 끝까지 말썽이야. 차르 왕조에 충성하는 백성이 되겠다고 조선을 버리고 러시아에 붙은 것은 뭐고, 독립지사들이 연해주에 자리 잡으려고 협조를 구할 때는 싹 외면하던 자들이 혁명이 일어나니까 돌변해서 적군에 가담하는 척하다가 뒤늦게 고려공산당을 만들고 나서는 건 또 뭐야. 그놈들 때문에 손해가 막심해. 순 박쥐 같은 놈들."

"한 번 배신한 자 두 번 배신한다고 하지 않던가? 다 기회주의자들의 작태야."

조강섭은 술병을 들어 자기 잔을 채우며 말했다.

"문제는 그놈들이 계속 주도권을 장악하려는 것 아닌가? 앞으로 자유시 참변 같은 일이 또 벌어질지도 모른단 말일세."

이광민은 그 새로운 말을 생각해 보았다. 고려공산당을 해체시킨 국제공산당 코민테른에서는 휘하에 고려국을 설치했다. 그리고 위원으로 상해파 이동휘 선생을 비롯해서 이르쿠츠크파들도 임명했다. 두 세력의 균형을 맞추려는 것이었다. 그러나 그건 말썽의 불씨일 수도 있었다. 양쪽이 협력하지 않고 어느 한쪽이 주도권을 장악하려 한다면 또 다른 자유시 참변은 언제든지 일어날 수 있었다.

"그런 불상사는 없을걸세. 이동휘 선생께서 더 이상 주도권에 연연하시지 않을 것 같네."

윤철훈의 무거운 말이었다.

"아니, 그게 맞을까?"

조강섭이 놀라움을 나타냈다.

"당도 해체되어 버린 마당에 괜한 주도권 싸움을 해서 또 그런 참변이 벌어지기를 이 선생님이 바라시겠는가? 조선인 군대를 결성하시려는 것도 그런 뜻이 담긴 게 아니겠나?"

"으음…… 그런 것도 같군."

조강섭이 생각 깊은 얼굴로 고개를 느리게 끄덕였다.

"헌데…… 이 선생님께서는 독립 투쟁의 한 방편으로 공산당을 조직하셨다던데, 그럼 앞으로 공산주의하고는 관계가 멀어지는 걸까요?"

이광민의 말이 조심스러웠다.

"글쎄요, 그건 잘 모르겠는데요."

윤철훈이 고개를 저었고,

"아닙니다, 그렇지는 않을 겁니다."

조강섭은 강한 어조로 말했다.

그들의 대화는 여기서 끊겼다. 밤이라 그런지 나뭇가지들이 바람을 타는 소리가 심해지고 있었다.

상을 치운 조강섭이 책꽂이 뒤에서 무언가를 꺼냈다.

"모은다고 모았는데 별로 많지 않네."

조강섭은 기름종이로 싼 두툼한 것을 윤철훈 앞으로 밀어 놓았다.

"동포들이 살기도 어려운데…… 자네가 또 중간에서 애를 썼어."

윤철훈의 목소리가 무거웠다.

"나야 무슨, 우리가 원할 때마다 힘을 모아 주는 동포들이 그저 고마울 뿐이지."

"그래, 동포들의 그런 마음을 느낄 때마다 우리 조선은 망한 게 아니라는 걸 확인하고는 하지."

윤철훈이 돈뭉치를 움켜잡았다.

이광민의 눈앞에는 수청 일대의 희생적인 동포들의 모습이 떠올랐다.

"그래도 이 근방에 사는 동포들은 소학령이나 수청에 사는 동포들에 비하면 그나마 다행이네. 그쪽 동포들은 그동안 얼마나 고생이 많았나?"

조강섭이 비감한 얼굴로 말했다.

"그렇지. 우리 빨치산들 먹이고 입히느라 애쓰고, 일본군한테 위협당하고 폭행당하고 죽고, 동포들이 겪은 고생을 생각하면 가슴 아프고 면목이 없지."

윤철훈의 목소리가 더 침통해졌다.

"아니, 면목 없지는 않지. 아직 나라를 찾지는 못했지만 빨치산들이 얼마나 치열하게 싸웠고 얼마나 많이 죽었나? 그리고 끝내 왜놈들을 연해주에서 싹 몰아내지 않았는가? 그것만으로도 우리 빨치산이 체면은 세운 거야. 이제 연해주 동포들은 맘 놓고 살 수 있으니까."

조강섭의 말은 다리에 부상을 당한 용사답게 당당했다.

이광민은 조강섭의 말에 동감했다. 일본군이 작년 10월에 연해주에서 철수한 것은 조선인 빨치산들이 러시아 적군과 협동한 결과였다. 조선인 빨치산의 활동이 없었다면 일본군은 지금까지도 연해주에 버티고 있을지 모를 일이었다. 조선 빨치산들의 활약은 러시아 적군만이 아니라 일반인들한테도 널리 알려져 있었다.

"그래, 조선은 아직 해방시키지 못했어도 연해주는 해방시켰다! 자네 말이 맞네. 동포들도 그 공이야 잘 알고 있으니까."

윤철훈이 조강섭의 진정을 잘 안다는 듯 밝게 웃었다.

10

소작회 결성

길게 뻗은 방죽을 사이에 두고 바다와 맞닿아 있는 간척지는 광활한 벌판이었다. 남쪽 끝에서 북쪽 끝이 아슴푸레하게 먼 그 벌판은 동산 하나 없이 아득하게 펼쳐져 있었다.

"자, 어떠냐! 저 들판이 다 이 애비 손으로 만들어낸 것이다."

북쪽 방죽의 끝머리에 선 이동만은 감회에 젖은 목소리로 말했다.

"야아, 굉장허구만이라우."

굉장하다는 말에 비해 젊은이의 목소리에는 아무런 느낌이 담기지 않았다.

"경욱아, 저 뻘밭이 요렇게 농토가 되도록 누가 측량했는지 알지야?"

"야아……."

"대답이 어째 그리 시원찮냐? 느그 성이 해낸 줄 알고 있능겨?"

이동만의 목소리가 커지며 눈을 치켜떴다.

"야아, 알고 있구만이라."

이경욱의 말투가 약간 달라졌다.

"그려, 느그 성 측량 기술이 일본 사람들 찜 쪄 먹게 좋아서 이 어려운 측량을 다 해낸 거다. 그렁게 이 넓은 땅을 우리 부자가 만들어 냈다 그 말이여. 니가 동경으로 뜨기 전에 이 간척지를 구경시키는 이 애비 맘을 알겄냐?"

"야아……."

"그려. 헌디, 이 애비는 요것으로는 맘이 안 차. 우리 집안이 여보란 듯이 일어날라면 니가 꼭 판검사가 돼야 허는 것이여. 애비 말 알아먹겄어?"

이동만은 마디마디에 힘을 넣어 가며 말했다.

"야아, 명심허겄구만요."

이경욱은 아버지의 말이 길어지지 않게 하려고 또렷하게 대답했다.

"그려, 맘 강단지게 먹고 판검사가 되기만 혀. 그리고 니가 동경에 가서 하늘이 두 쪽이 나도 가까이 혀서는 안 될 것이 있다. 고

것이 바로 공산주의여, 공산주의! 동경에 그 병이 퍼져 부잣집 아들들이 병든다는디, 그리되면 끝장이여."

이동만은 작은아들을 응시했다. 그 눈길이 마치 맹세라도 받아내려는 것 같았다.

"그런 일 없을 것이구만요."

이경욱은 또 분명하게 대답했다.

"허! 일 시작헐 적에는 어느 세월에 될랑가 싶등마, 하여튼 사람 힘이 무섭기는 무서운 것이여."

이동만은 감개무량하다는 듯 고개를 주억거리며 돌아섰다.

'맞어요, 저것이 수많은 사람들 피땀으로 이룬 것이제, 아부지허고 성님 힘으로 된 것이 아니란 말이오.'

이경욱은 아버지 뒤를 따라가며 이렇게 속말을 하고 있었다.

"조선의 사나이들, 더욱이 배움을 가진 자들은 어떻게 살아야 하겠는가? 길은 항일이냐, 친일이냐 두 가지밖에 없다. 아니, 항일도 친일도 하지 않고 중간에서 엉거주춤 살아가는 길도 있다. 그러나 그건 분명히 친일이다. 적극적이냐 소극적이냐 하는 차이가 있을 뿐이다. 그것이 왜 친일인가? 조선인에겐 누구나 항일을 해야 할 책임과 의무가 있다. 더욱이 배움이 있는 지식인은 그 책무가 더 크다. 왜놈들의 범죄를 보고만 있는 것은 범죄를 부추기는 것이다. 그게 친일이 아니고 무엇인가? 식민지가 된 이 땅에서 지금 가장 고통에 시달리는 사람은 배움도 없고 가진 것도 없는 가난한 소작농과 노동자들이다. 그들은 가난하기 때문에 왜놈들의 착취 정책을 피하지 못하고 날마다 고통에 시달리며 살 수밖에 없다. 고통과 싸우는 그들의 생활은 곧 항일이다. 다만 적극적이지 못할 뿐이다. 그 수많은 사람을 구할 책임이 바로 지식인에게 있다. 지식인은 자신의 지식을 바쳐 그들을 일깨우고, 한 덩어리로 뭉치게 해야 한다. 소작농들과 노동자들의 조직화된 항거, 그건 그들의 해방인 동시에 조선의 해방이다. 눈을 크게 뜨고 세상을 보아라. 지식인들이 망친 나라를 지식인들이 구하지 않으면 안 된다."

고서완 선생의 말이 떠올랐다. 이경욱은 눈을 감으며 주먹을 꾹 말아 쥐었다. 그는 고 선생에게 말 못 할 고마움을 느꼈다. 고 선생은 자신의 아버지가 요시다 밑에서 일하는 것을 다 알면서도 자신을 멸시하거나 멀리하지 않고 믿어 주었다.

바다와 간척지와 방죽 길과 먼 야산이 어우러진 풍광은 그지없이 아름다웠다. 그러나 간척지 한가운데 자리 잡은 저수지의 남쪽과 북쪽은 판이하게 달랐다. 저수지의 남쪽과 북쪽 언저리에는 집들이 들어서고 있었다. 그런데 남쪽의 집은 다 움막이고, 북쪽의 집은 다 기와집이었다.

"참말로 기가 차시. 재주는 곰이 넘고 돈은 왕 서방이 먹더라고, 우리가 피땀 흘려 일해서 결국 왜놈들 좋은 일만 시켰으니, 원통혀서 못 살겄네."

한기팔이 짙은 한숨을 토해 냈다.

"죽일 놈들이 처음부터 우릴 속인 것이랑게라. 참말로 가슴이 터져서 못 살겄소."

젊은 사람답게 김장섭이 자기 가슴을 치며 열을 내뿜었다.

"요것이 다 나라 없는 설움이여. 논밭 뺏길 때보다 더 기막힌 일이구만."

남상명이 멍하니 간척지를 바라본 채 중얼거렸다.

"이럴 줄 알었으면 머슴살이가 더 나았을 것인디. 다 헛고생만 헌 것이여."

김 서방이 곰방대를 털며 한숨지었다.

불이흥업의 간척 사업에 나섰던 인부들은 모두 분노했다. 그들은 논 열 마지기쯤의 영구 소작권을 얻게 되리라는 꿈으로 3년 동안 온갖 고생을 견뎌 왔다. 그런데 어느 날 인부들의 집 지을 자리가 저수지 남쪽으로 정해졌고, 저수지 북쪽에는 300채의 집을 짓기 시작했다. 거기에는 일본 농부들이 건너와 산다고 했다. 일본 농부들에게 땅도 분배해 준다고 했다. 그 소문이 퍼지자 인부들은 불만을 터뜨렸다.

그러자 농장 측에서는 무장 경찰 20여 명을 동원한 가운데 소작 농지 분할을 알렸다.

"에에 또, 소작지는 1인당 다섯 마지기로 한다. 이에 불만이 있는 자는 당장 농장을 떠나라. 만약 소란을 피우면 경찰이 가차없이 처벌할 것이다."

요시다가 한 말이었다.

그다음부터 농장 측에서는 일본 농민 1가구에 60마지기씩 논을 분배한다는 것을 감추려 하지 않았다. 3천여 명의 인부들은 하나같이 분노에 떠는 한편 실의에 빠졌다. 식구가 대여섯쯤 되는 집은 다섯 마지기 소작 농사로는 살기 어려웠다. 거기다가 흉년이 들고, 병이라도 난다면……. 앞날이 암담할 뿐이었다.

그런데 낙망한 그들에게 북쪽에 남향받이로 짓고 있는 100원짜리 기와집을 일본 농민들에게 공짜로 준다는 소문이 들려왔다.

"뭣이여! 우리 품삯은 미뤄 놓고 즈그 왜놈들헌티는 집을 공짜로 지어 줘?"

그들은 마침내 밀린 임금을 내놓으라고 분노를 터뜨렸다. 그러나 기다렸다는 듯 무장 경찰이 앞을 가로막았다.

"어떤 놈이 그따위 헛소문을 퍼뜨리고 다녀! 일본 농민들의 집은 총독부에서 지급하는 정착금으로 짓는 것이다. 그리고 밀린 임금은 본사에서 곧 돈이 올 것이다."

해명인지 협박인지 모를 요시다의 말이었다.

그런데 더 어이없는 일이 벌어졌다. 인부들을 상대로 일본 농민들의 집을 짓는 일꾼을 구한다는 것이었다. 불난 데 부채질이냐며 인부들은 분통을 터뜨렸다. 그러나 간척 일에 비하면 일도 별로 힘들지 않고 날마다 일당을 주는 데다 점심도 푸짐하게 먹여 준다는 소문에 슬금슬금 그 일터를 찾아가는 사람들이 생겨났다.

"어쩌겄어. 밀린 품삯은 차일피일 미루기만 허고, 당장 급헌디."

"그려, 움막 지을 돈이라도 벌어야제."

품팔이를 나선 사람들의 변명이었다.

4월이 되자 일본 농민들이 몰려와 집을 차지하기 시작했다. 그런데 그들이 차지한 논은 소작이 아니라는 소문이 퍼졌다. 논 값을 4년이 지난 다음부터 해마다 나누어 갚아 나가기로 하고, 그들의 소유로 해 주었다는 것이다.

"아이고, 이 더런 놈의 세상. 눈도 가리고 귀도 막고 입도 봉허고 바보 멍청이로 살아야제, 안 그러고야 애간장이 다 녹아 어찌 살겄어?"

사람들의 탄식이었다.

그러나 불이농장의 간척지 소작인들은 그대로 주저앉지 않았다. 움막을 치고 마을을 이룬 그들은 은밀하게 움직이고 있었다.

"아재, 오늘 밤에 그 선생님 만나러 가는 날이요."

김장섭이가 남상명에게 속삭였다.

"알었네. 우리 둘만 가는가?"

남상명의 얼굴에 긴장의 빛이 스쳤다.

"아니구만이라. 옆 동네 나 서방허고 둘이 더 있구만이라."

어둠이 짙어지자 남상명은 김장섭을 따라나섰다. 한참을 가다가 개울목에서 세 사람이 합류했다. 그들은 20리 남짓 걸어 어느

기와집 앞에 다다랐다.

“다들 초면이지요? 인사 나누세요.”

군산 영명중학교 선생 고서완이 그들에게 옆에 앉은 사람을 가리켰다.

“어두운데 오느라고 수고들 하셨소. 저는 정도규라고 합니다.”

정도규는 깍듯하게 예의를 갖추어 인사했다.

“정 선생은 저의 선배이시고, 우리 일을 총괄하고 계십니다.”

고서완이 부드러운 목소리로 말했다.

그들은 긴장한 눈길로 정도규를 다시 보았다.

“그럼 정 선생님 말씀 먼저 듣고 의견을 나누도록 하겠습니다.”

고서완이 사람들을 둘러보며 말했다.

“만나게 되어 반갑습니다. 소작회 결성에 대해서는 그동안 고 선생한테 이야기를 많이 들었을 테니 따로 말하지 않겠습니다. 다만 한 가지, 우리가 왜 소작회를 결성해야 하느냐 하는 점을 말씀드리겠습니다. 그건 간단합니다. 우리가 단결해야 하기 때문입니다. 그동안 여러분은 몇 차례나 밀린 임금을 달라고 요구했지만 그때마다 뜻을 이루지 못했습니다. 그건 여러분이 단결하지 않았기 때문입니다. 단결하지 않았기 때문에 사람 수만 많았지 힘이 없었고, 힘이 없으니 경찰이 무서웠던 것입니다. 그러나 모두가 하나로 뭉치면 힘이 생깁니다. 그 힘이 어떤 힘인지 아십니까?

바로 여러분이 바닷물을 막고 뻘밭을 논으로 만든 그 힘입니다. 여러분이 하나로 뭉쳐 그 힘을 발휘하면 열댓 명 무장 경찰이 뭐가 무섭겠습니까? 그놈들이 총을 쏘면 어쩌냐고요? 그놈들은 총을 쏘지 못합니다. 지금은 3·1운동 때하고는 다릅니다. 또, 소작인들의 요구는 정당합니다. 소작회는 벌써 다른 여러 지방에 결성되어 있습니다. 소작인들은 단지 좀 더 배불리 먹고 편하게 살기 위해 소작회를 결성한 것일까요? 그것만은 아닙니다. 조선 땅의 소작인들이 뭉치는 것은 왜놈들에게 맞서 싸우는 것도 됩니다. 다시 말하면 생활도 낫게 만들면서 독립운동도 하는 것입니다. 제 말을 다른 사람들에게도 잘 전해 주시기 바랍니다."

김장섭은 가슴이 벌떡벌떡 뛰었다.

'그것이 바로 독립운동……!'

그는 당장 소리쳐 일어나고 싶은 충동에 휩쓸렸다. 3·1 만세 때 총 맞아 돌아가신 아버지의 모습이 선하게 떠올랐다.

남상명도 가슴 떨리는 감격을 느끼며 소작회 결성에 발 벗고 나서기로 마음먹었다.

"우리는 계획대로 열흘 뒤에 소작회를 결성하고 밀린 임금을 내놓으라는 집회를 벌일 것입니다. 여러분이 맡은 일은 어떻게 되고 있습니까?"

고서완이 그들을 둘러보았다.

“저, 한 가지 걱정이 있는디요. 사람들을 50명씩 묶는 것은 어렵지 않은디, 왜놈들 집 짓는 데 댕기면서 돈벌이헌 물건들이 뒤섞여 있구만요. 그 사람들을 믿을 수가 없당게라.”

김장섭의 말이었다.

“아, 그 사람들은 크게 걱정하지 않아도 될 것 같습니다. 얼마 되지도 않는 데다 자기들도 밀린 임금 받기를 원할 테니까요.”

고서완의 설명이었다.

“야아, 그 염치없는 사람들이 그냥 구경만 허고 떡을 얻어먹으면 좋은디, 우리 일을 망치고 들지 몰라 맘이 안 놓이는구만이라우.”

남상명의 말이었다.

“예, 그렇게 신중한 것은 우리 일을 성공시키는 데 꼭 필요합니다. 그러나 그 사람들을 너무 의심하거나 미워하진 말아야 합니다. 어쨌거나 그 사람들은 여러분과 함께 간척지 공사에서 피땀을 흘렸고, 앞으로도 여러분과 함께 농사를 지을 사람들입니다. 그 사람들도 여러분과 똑같은 아픔을 안고 있습니다. 그러므로 그들도 충분히 동지가 될 수 있습니다. 사람은 누구나 실수를 합니다. 한 번의 실수는 용서하는 것이 좋은 일입니다. 그들을 동지로 맞아들이도록 다 같이 노력합시다.”

정도규의 말이었다.

그들 다섯 사람은 모두 생각에 잠긴 얼굴로 고개를 끄덕였다.

"정 선생님 의견을 어찌 생각하십니까?"

고서완이 그들에게 물었다.

"야아, 그리허겄구만이라우. 즈그들은 거기까지는 생각 못혔구만요."

김장섭의 대답을 따라 나머지 사람도 고개를 끄덕였다.

"예, 그럼 다음 모임은 닷새 뒤에 갖겠습니다."

고서완이 모임을 마무리를 지었다.

1주일이 지나 고서완은 정도규를 찾아갔다.

"모레 쟁의가 일어납니다. 계획은 차질이 없으니 당분간 여길 뜨시지요."

"그럴 필요 있겠소? 트집 잡힐 냄새는 풍기지 않았는데."

"만일을 위해섭니다. 요새 쟁의 배후자는 무조건 공산주의자로 몰아 감옥으로 보냅니다. 한성에 볼일 없으신가요?"

"볼일은 좀 있소만…… 나만 피하면 고 형은 어쩌려고?"

"저야 크리스찬 학교 선생 아닙니까? 크리스찬이 공산주의자일 리 없고, 학교가 울타리가 되어 줍니다."

"그거 위장치고 완벽한 것 같소. 고 형 의견을 따르기로 합시다."

정도규는 그날로 한성행 기차를 탔다. 지난 3월 24일 개최한 전조선청년당대회에 참석하고, 30일에 당이 경무국의 강압으로 해산당했다는 소식을 듣고도 한성에 발길을 못 한 참이었다.

11

1923년 9월 1일

후텁지근한 더위 속에 비가 추적추적 내리고 있었다.

"무슨 놈의 비가 이리 질질 오고 이래. 그나저나 방학도 다 끝나 가는데 중원이 자네는 정말 집에 안 가도 괜찮은가? 안사람이 서운해하지 않겠어?"

종이우산을 함께 받친 두 남자 중 하나가 말했다.

"새삼스럽게 무슨 소리야. 사람 참 싱겁기는."

헛웃음을 흘린 남자는 송중원이었다.

송중원은 더 말이 없이 흙탕물이 흐르는 영대천 다리를 건넜다. 아내나 아이보다는 어머니 생각이 더 간절했다.

처가에서 반을 부담하는 학비를 받지 않기로 한 것에는 어머니도 찬성했다. 장인의 형편도 넉넉지 못한 데다 공부 뒷바라지를 해야 할 처남이 있었다. 그 때문에 모자라는 학비는 고학으로 메울 수밖에 없었다. 그러나 집에 가지 않은 것이 돈벌이 때문만은 아니었다. 고학생학우회에서 은밀하게 실시하는 사상 학습을 받는 것도 중요한 일이고, 집에 가서 주재소의 감시를 받게 될 일도 달갑지 않았다.

지난 겨울방학 때 주재소에서 나흘 동안 겪은 고초는 참 어이없는 것이었다. 그 일로 애를 태운 어머니는 심한 몸살을 앓았고, 장인께는 또 폐를 끼쳤다.

본소구의 좁고 지저분한 골목은 물이 제대로 빠지지 않아 질퍽거렸고, 퀴퀴한 악취가 후텁지근한 더위 속에 진동하고 있었다. 동경에서 소문난 빈민굴다웠다.

그들은 골목을 돌고 돌아 어느 허름한 집 앞에 걸음을 멈추었다.

"계십니까, 안에 누구 계십니까?"

허탁이 찌그러진 문을 두들겼다.

"누가 온 긴가? 뉘신교?"

문이 삐끗 열리며 한 남자가 얼굴을 내밀었다.

"아, 안녕하세요. 일전에 찾아왔던 학생들입니다."

송중원이 그 남자에게 인사했다.

"아이고 빼떡 드소. 안 그래도 오늘이나 오실랑가 했구마요."

얼굴 꺼칠한 남자가 반기며 문을 활짝 열었다.

집 시늉만을 해 놓은 싸구려 합숙소 안에 여러 명의 조선 노동자들이 앉아 있었다.

"보이소, 우리 공치는 날 온다 캤든 대학생들이 온 기라요."

그 남자는 여러 사람들에게 알렸다.

"빈손으로 오기가 뭐해 이걸 좀……. 비도 오고 다들 출출하실 텐데 한잔씩 하시지요."

허탁이 가방에서 술병을 꺼내 마개를 땄다.

안주도 없이 술잔이 돌았다. 그러나 남자들은 꿀을 핥듯이 작은 술잔을 맛나게 비워 나갔다.

"대학생들이 짐승만도 못헌 우리를 찾어옹께 너무 기가 막히요."

한 사람이 머리를 조아리며 말했다.

"아닙니다. 저희도 고학을 하는 처지라 따로 돕지는 못하고 마음뿐입니다."

허탁이 겸손하게 말을 받았다. 만일을 생각해서 자기들의 이름을 밝히지 않은 것은 물론이고 실태 조사니 뭐니 하는 말도 쓰지 않기로 했다. 경찰에서는 사회주의자와 노동자들의 접촉을 예민하게 노리고 있었다.

"어떻게, 돈들은 좀 벌었나요?"

허탁이 넌지시 물었다.

“말도 마이소. 이게 제 살 파먹기지 하루 품삯 70전으로 무슨 돈을 벌겠능교? 한심한 기라요.”

아까 문을 열어 준 남자가 고개를 내둘렀다.

“일본 노동자들 품삯도 그런가요?”

송중원이 입을 열었다.

“우리허고 똑같은 일을 허는디도 그놈들헌티는 두 배를 준당께라. 같은 왜놈이라고 즈그들끼리 싸고도는 것인디, 참 기가 차요.”

송중원은 더 할 말이 없었다. 공장에서 임금 차별을 한다는 것은 알고 있었지만 막노동판에서까지 그러는 줄은 몰랐다.

“일본으로 올 때 왜놈들이 속였던가요?”

허탁이 괴로운 얼굴로 물었다.

“말도 마이소, 돈벌이가 기막히게 좋다꼬 사람들을 안 모아들였능교. 대판에 와서야 속은 줄 알았능기라요.”

“처음에는 대판으로 오셨군요?”

허탁이 확인하려는 듯 되물었다.

“야아, 대판 부두에서 일을 혔는디, 그놈의 선대금 다 갚고 풀려난께 돈이 있어야제라. 집으로 가려 해도 뱃삯이 없고, 처자석들이 돈 벌어 오기만 눈 빠지게 기다리는데 맨주먹으로 갈 수도 없는 일 아닝게라. 근디 동경 품삯이 더 낫다는 소문이 있드만요. 그려서 동경으로 왔는디, 여기도 사람 못 살 지옥이기는 매한가

지구만요."

남자가 한숨을 푹 쉬었다.

송중원은 답답해서 한숨을 내쉬고는 허탁의 다리를 슬쩍 찔렀다. 그리고 그만 가자고 눈짓했다. 더 알아볼 것도 없었다.

"또 놀러 오도록 하고 오늘은 이만 가 보겠습니다. 다들 건강하세요."

허탁이 인사를 하며 몸을 일으켰다.

"몸들 조심하세요."

송중원도 사람들을 둘러보며 인사했다. 그들의 얼굴에는 고마움과 서운함이 함께 어려 있었다.

송중원과 허탁은 질척거리는 긴 골목을 벗어나도록 말이 없었다.

"저 사람들 만나 본 느낌이 어떤가?"

"느낌이랄 게 뭐 있나? 비참하고 절망적이지. 상상했던 것보다 훨씬 심해."

송중원이 한숨을 토해 냈다.

송중원은 허탁과 함께 고학하는 시간을 쪼개 조선 노동자들의 실태 보고서를 작성했다. 그 실태를 정확하게 파악하는 것이 사상 학습을 구체화하는 길이었다. 그러는 사이에 방학이 끝났다.

개학식이 끝난 뒤에 송중원은 허탁과 홍명준 셋이서 이야기할 장소를 찾아 나섰다. 교정은 끼리끼리 짝을 지은 학생들로 왁자

했다.

"자네 돈 두둑이 받아 왔나? 우리 두 빈민이 술맛 못 본 지가 오래네."

허탁이 홍명준을 돌아보며 씩 웃었다.

"말도 말게. 이번엔 아주 단단히 곤욕을 치렀네. 졸업하기 전에 꼭 고등고시에 합격해야 한다고 어찌나 성화신지 돈을 받아 올 맛이 나야 말이지."

홍명준의 해사한 얼굴이 일그러졌다.

"그 고민이야 간단하게 해결하라니까. 일단 판검사가 돼서 조선 사람을 위해 판검사질을 하란 말일세. 그럼 자네 춘부장 어른 소원 풀어 드리고 조선 사람 보호하고, 일거양득 아닌가? 내가 잡혀 들어가면 무죄로 풀어 주고, 좀 좋아?"

허탁이 농담을 하며 홍명준의 어깨를 두들겼다.

"이 사람아, 왜놈 판검사들 등쌀에 무슨 수로 조선 사람을 보호한단 말인가?"

홍명준이 내쏘았다.

"판검사가 돼서 최선을 다해 조선 사람을 돕게. 그건 적진 속에서 적과 싸우는 것으로, 또 다른 독립 투쟁 방법이야. 자네 생각은 어떤가?"

허탁이 진지해진 눈빛으로 송중원을 바라보았다.

"법학부에 다니는 조선 학생들이 다 그런 생각을 갖는다면야 큰 힘이 되겠지. 일본법을 아는 건 적을 아는 지름길이니까."

송중원은 판검사가 되겠다고 법학부에 다니는 조선 학생들을 경멸했다. 그러나 그들이 독립 의식을 갖추기를 바라는 것은 진심이었다.

"됐네, 여기가 어디라고 그런 얘기들인가? 가서 점심이나 먹세."

홍명준이 주위를 둘러보며 말막음을 했다.

"이 사람아 겁내지 말게. 교정은 아직도 어지간한 비밀 장소보다 안전하네."

허탁이 피식 웃었다.

"자네가 한번 큰코다쳐야 그 유들유들한 배짱이 졸아들 거야."

"그래, 명심하지. 점심이나 푸짐하게 사게나."

허탁의 말에 송중원은 속으로 웃었다. 한성 토박이인 허탁과 홍명준은 중학교 동창답게 허물없는 사이였다. 그러나 그들의 우정에는 한계가 있었다. 의식의 차이 때문이었다. 허탁은 홍명준을 스스럼없이 '점심이나 푸짐하게 사게' 하는 자리쯤에나 놓아두고 있었다. 허탁이 홍명준에게 의식을 불어넣고자 하는 것은 '조선 사람을 위한 판검사가 돼라' 하는 정도였다. 홍명준 역시 새 사상이나 독립에는 별 관심이 없고, 친구들에게 밥 사고 술 사는 것을 즐기며 그저 평범한 대학 생활을 하고 있었다.

"허탁 씨, 허탁 씨이—."

여자의 외침에 그들 셋은 걸음을 멈추었다.

"정애 씨, 방학 재미있게 보냈소?"

허탁이 밝게 웃었고, 여자는 거침없이 손을 내밀었다.

"네, 명사십리랑 금강산에랑 갔는데 별 재미는 없었어요."

여자는 허탁의 손을 잡은 채 좀 헤프다 싶게 자기 이야기를 털어놓았다.

"안녕하세요, 홍명준 씨."

허탁과 악수를 끝낸 여자는 홍명준에게 악수를 청했다.

"예, 안녕하시오."

홍명준이 어색하게 웃으며 여자의 손을 잡았다.

"안녕하세요, 송중원 씨."

"예, 오랜만입니다."

송중원은 자기 차례가 된 박정애의 손을 잡으며 역겨움을 느꼈다.

"허탁 씨. 비프스테이크를 잘하는 아주 멋진 카페가 생겼어요. 노래를 부를 수도 있는데, 이번에 제가 홍난파 작곡 봉숭아를 완전히 배워 왔거든요."

박정애는 곧 허탁의 팔이라도 잡아끌 기세였다.

"너무 그러지 마쇼. 아무리 종로 상권을 주름잡는 거상의 딸이라 해도 남자 셋이서 여자 밥을 얻어먹게 생겼소. 내가 점심을 사려던 참이었으니 날 따라오시오."

홍명준의 말은 차가웠다.

"아니, 왜 우리 아버지 직업은 들먹이고 그래요? 홍가 허가 송가는 양반이라 상인 딸년하고는 상대할 수 없다는 건가요?"

박정애가 홍명준에게 공격을 퍼부었다.

"아, 그게 아니고, 그게……."

뒤늦게 자신의 실수를 깨달은 홍명준은 무슨 말을 해야 좋을지 몰라 말을 더듬거렸다.

"홍 형 말은 그런 뜻이 아니고 남자 체면을 말하는 것 아니겠소?"

허탁이 사태를 수습하고 나섰다.

"홍명준 씨, 허탁 씨 말이 맞나요?"

박정애의 독 오른 눈초리가 홍명준에게 날아갔다.

"그렇소, 오해했다면 그 말 취소하겠소."

똥이 무서워서 피한다더냐 하는 심정으로 홍명준은 이렇게 말을 해치웠다.

"역시 최고 신사는 홍명준이야. 자, 우리 다 같이 비프스테이크로 런치를 먹도록 하지. 제2의 윤심덕, 박정애 씨의 소프라노 독창도 감상할 겸 말이야. 정애 씨가 앞장서시오."

허탁이 얼렁뚱땅 너스레를 떨었다.

그들은 박정애가 하는 대로 택시를 탔고, 긴자에서 내렸다. 2층에 있는 카페는 서양식 치장이 호화로웠다.

"정애 씨, 이태리 유학은 어찌 됐소?"

자리를 잡고 앉아 허탁이 새 이야깃거리를 꺼내 놓았다.

"가야죠. 근데 동행자가 없잖아요. 든든한 동행자만 있으면 당장이라도 떠나겠어요."

"든든한 동행자라면 남자를 말하는 거요? 남녀평등 부르짖는 신여성답지 않게 그 무슨 소리요? 일본도 왔는데, 이태리도 당당하게 혼자 가야 신여성이지."

홍명준은 노골적으로 야유했다.

"흥, 누가 무서워서 그러는 줄 알아요? 내 예술을 이해하고 내 인생의 동반자가 될 수 있는 멋진 남자와 예술의 나라 이태리에서 로맨스를 즐기며 공부도 하겠다는 뜻이에요. 알아들었어요?"

박정애의 날카로운 반격이었다.

홍명준은 머쓱해졌고, 송중원은 씁스름하게 웃고 있었다.

"다들 그 고리타분한 생각 좀 바꾸세요. 춘원 이광수 선생이, 남자들이 바람을 피우면 여자들도 바람을 피워 보복할 수 있어야 하고, 여자도 자기 뜻대로 사랑을 선택해야 하며, 사랑의 감정도 자유롭게 표현해야 한다는 강연을 한 게 벌써 10년이 넘었어요. 춘원 같은 분이 열 명만 있어도 우리나라는 완전히 달라졌을 거예요."

박정애는 제물에 열이 올라 목소리가 카랑카랑하게 높아져 있었다.

"예, 이광수 같은 사람이 열 명쯤 더 있었으면 우리나라 꼴 참 볼만하게 됐겠죠. 민족개조론이 열 개는 더 나왔을 테고, 지금쯤 친일파들의 자치가 착착 진행되고 있을 테니까요."

송중원이 뽑아 든 칼이었다. 그는 가슴속 깊이 아로새겨진 이광수에 대한 분노를 토해 내고 말았다.

"난 그런 것까진 골치 아파서 잘 몰라요."

박정애는 이마를 찌푸리며 손바닥을 홰홰 내저었다.

그때 종업원이 수프를 내왔다.

"자, 부담 없이 맛있게들 드세요."

박정애는 수프를 뜨며 그들을 둘러보았다. 세 남자는 모두 편치 않은 표정으로 스푼을 집었다.

그들이 수프를 몇 숟가락씩 떠 넣고 있을 때였다. 느닷없이 땅이 불끈 솟는 것 같더니 도로 푹 꺼져 내리는 것 같았다. 그리고 솟았다가 꺼지고 다시 솟았다가 꺼지기를 되풀이했다.

집이 곧 무너질 듯 뒤흔들리고, 물건이란 물건들은 죄다 떨어지고 구르고 깨지며 요란한 소리를 냈다. 사람들도 정신을 차리지 못하고 비틀거리고 쓰러지며 비명을 질러 댔다.

잠시 후 요동이 가라앉았다.

"이게…… 이게 뭐예요?"

바닥에 쓰러져 있던 박정애가 몸을 일으키며 더듬거렸다.

"아마 지진 같소, 지진……."

허탁이 바닥에서 일어나며 말했다. 그의 얼굴에도 두려움이 배어 있었다.

송중원과 홍명준도 어리벙벙한 얼굴로 몸을 일으켰다.

"무서워요, 어서 나가요."

박정애가 헝클어진 머리카락을 쓸어 넘기며 울먹였다.

그런데 다시 창문이 마구 뒤흔들리며 강풍이 몰아치기 시작했다. 강진이 몰고 온 돌풍이었다.

카페의 손님들은 어쩔 줄 모르고 우왕좌왕했다.

"불이야, 불! 불이야아!"

주방 쪽에서 터져 나온 외침이었다. 곧이어 네댓 사람이 허둥지둥 뛰쳐나왔다.

손님들이 우르르 출입문으로 몰려갔고, 앞다투어 계단을 뛰어 내려갔다.

"어머, 엄마!"

여자의 비명이 울리면서 박정애가 곤두박였다. 뾰족구두가 계단에 걸리면서 발을 헛디딘 것이었다. 그 뒤를 따르던 두서너 사람이 뒤엉키며 박정애를 덮쳤다.

"멈춰, 멈춰! 사람이 넘어졌다!"

허탁이 일본말로 외쳤다.

송중원과 허탁이 뒤엉킨 사람들을 일으키기 시작했다. 박정애는 계속 비명을 질렀고, 연기는 벌써 계단까지 자욱하게 퍼져 있었다. 송중원과 허탁은 박정애를 부축하고 허둥지둥 밖으로 나왔다.

길거리는 수라장이었다. 휘몰아치는 바람 속에 수많은 사람이 우왕좌왕하고, 온갖 물건들이 어지러이 날고, 가로수 가지들이 부러지고, 여기저기서 불길이 솟고 있었다.

"나 집에 좀 데려다 주세요. 온몸이 아파서 꼼짝을 못하겠어요."

박정애가 울먹이면서 말했다. 계단에서 곤두박이면서 어디에 씻겼는지 박정애의 왼쪽 볼에 긁힌 상처가 나 있었다.

"빌어먹을, 재수가 없을라니까……. 나 먼저 가겠네. 또 만나세."

홍명준이 벌컥 화를 내며 돌아섰다.

"흥, 꼴 보기 싫어. 뭐가 잘났다고 저 모양이야."

박정애가 이를 앙다물었다.

거리에는 지진과 불길을 피해 쏟아져 나온 사람들이 갈팡질팡 하고 있었다. 여기저기서 바람을 탄 불길이 거세게 일고, 거리마다 연기가 자욱했다. 동경 시내는 삽시간에 불바다로 변해 있었다.

전차는 완전히 끊겼고, 택시나 인력거도 다니지 않았다.

"이러다가 동경 시내 다 잿더미 되는 것 아닌가?"

송중원이 말했다.

"그래도 아까울 것 없지. 당연히 받을 천벌을 받는 거니까."

허탁이 싸늘하게 대꾸했다.

그들은 해거름이 다 되어 박정애의 하숙집에 도착했다.

"어머, 속으로 걱정했는데 우리 집은 불이 안 났군요. 자, 어서 들어가요."

박정애가 허탁과 송중원을 잡아끌었다.

"아니, 여학생 하숙집에 어떻게 남학생이 들어갑니까?"

허탁이 놀라 정색을 했다.

"어머, 또 케케묵은 소리. 여긴 조선이 아니라 일본이에요. 점심도 굶었는데 저녁을 먹어야죠. 여긴 일반 하숙집이 아니라 우리 아버지하고 거래하는 집이라 밥을 먹어도 돼요."

허탁과 송중원은 마지못한 척 끌려 들어갔다. 사실 배가 무척 고프기도 했다.

"점심 굶은 것까지 다 드세요."

박정애는 두 사람의 밥공기가 비기 바쁘게 밥을 퍼 담으며 즐거워했다.

"아이고 숨 막힌다."

허탁이 배를 쓸며 밥상에서 물러났다. 송중원도 양껏 배를 채웠다. 자취 생활에 비해 반찬이 그야말로 진수성찬이었다.

허탁과 송중원은 밤늦게 자취방으로 돌아왔다. 작은 부엌과 비좁은 방 안은 온갖 것들이 엎어지고 흩어져 난장판이 되어 있었다.

"적당히 밀쳐놓고 잠부터 자세."

"그게 좋겠어. 너무 고단하군."

그들은 다음 날도 어김없이 새벽 4시에 일어나 과자 공장으로 갔다.

"보나 마나 오늘은 배달 못 할 거야."

허탁이 하품을 하며 말했다.

"나도 그 생각을 했는데."

둘이는 마주 보며 흐흐거리고 웃었다.

예상대로였다. 과자 공장은 물건들이 엉망으로 뒤섞여 있었고, 공장 한쪽은 시커멓게 그을려 있었다. 석탄불을 피워 놓고 일하는 공장이 요행히 화재를 모면한 흔적이었다.

송중원과 허탁은 서로 마주 보며 가슴을 쓸어내렸다. 공장이 타 버렸다면 또 일자리를 구하느라고 애를 먹을 판이었다. 그들은 옷을 걷어붙이고 공장 치우기에 나섰다.

"배달이 없으니 그냥 가도 되는데 일을 도와주려고?"

공장에서 밤을 지새우느라 잠을 못 잔 주인이 반가워했다.

"당연하지요, 이렇게 화를 당하셨는데."

허탁이 환하게 웃으며 말했다.

"아이고, 고맙소. 조선 사람들 부지런하고 의리 강하고, 이찌방이오, 이찌방!"

주인은 엄지손가락을 세워 보이며 좋아 어쩔 줄 몰랐다.

고학생 배달원을 뺀 과자 공장의 직공은 20명쯤이었다. 그런데 출근을 한 직공은 일곱 명뿐이었다.

그들은 힘을 합쳐 공장을 치웠다.

"여보, 어제 사방에서 불난 것 있잖아요. 그게 다 불령선인들 짓이래요."

점심때 밥을 해 가지고 온 주인 아내의 말이었다.

"아니, 뭐라고?"

주인이 깜짝 놀랐고, 다른 직공들도 놀랐다. 송중원과 허탁은 놀라움을 넘어 소스라쳤다.

"아니, 누가 그런 소리를 해?"

주인이 버럭 소리쳤다.

"신문에 났대요. 불령선인들이 그전부터 분필로 암호를 표시해 가며 불을 지르려고 노리고 있다가 어제 지진이 일어나자 때는 이때다 하고 한꺼번에 불을 질렀다는 거예요. 우물에 독약도 풀고요."

허탁과 송중원의 눈길이 날카롭게 마주쳤다. 그것이 조작이고 날조라는 것을 직감했다.

"그런데 더 큰일이 있어요. 그 소식을 들은 경방단, 자경단, 재향군인들이 조선 사람을 닥치는 대로 죽이고 있대요."

허탁은 가슴에서 화끈 불이 붙는 것 같았다.

"거짓말이오! 뭔가 잘못 돌아가고 있는 것이오."

허탁의 외침이었다.

"조선 사람들이 불을 지른 게 아니오. 어제 우리가 식당에 있었는데 지진이 나자 곧 주방에서 불이 났어요. 우리 공장이 타다 만 것도 석탄을 피워 놓고 일하기 때문이 아닙니까? 온갖 물건이 엎어지고 뒤집어지는 판에 불붙은 숯덩이나 장작들이 가만히 있겠습니까?"

얼굴이 벌겋게 달아오른 송중원의 말이었다.

"그 말이 맞소. 우리 공장은 사람들이 많아 불을 껐으니 다행이지, 다른 집들은 불을 못 끄고 당한 거야."

주인이 중얼거리듯이 말하며 고개를 끄덕였다.

다른 직공들도 주인의 말을 수긍하는 눈치였다. 허탁과 송중원은 일단 한시름을 놓았다. 그러나 밥을 제대로 먹을 수가 없었다. 그들 몇 사람에게만 사실을 납득시킨 것일 뿐 조선 사람들은 죽어 가고 있었던 것이다.

"여길 나가선 안 되오. 지금 나가서 개죽음당하지 말고 다음에 모든 걸 밝히시오."

주인은 밖으로 나가려는 허탁과 송중원을 놓아주지 않았다.

허탁과 송중원은 꼬박 이틀 동안 공장을 벗어나지 못했다.

사흘째 되는 날, 허탁과 송중원은 고학생동지회를 찾아갔다.

"대학살이오. 일본말을 잘 못 하는 노동자들이 거의 다 죽었소. 아마 6천여 명은 되는 모양이오."

가난한 조선 사람들이 여기저기서 무더기로 죽어 간 참상이 알려지기 시작했다. 학살에 앞장선 것은 경방단과 자경단 그리고 재향군인들만이 아니었다. 헌병사령부에서는 조선 사람을 보호해 준다며 연병장에 가득 모아 놓고는 총소리가 나지 않게 하려고 총검으로 다 찔러 죽였다고 했다. 경찰들이 골목골목에서 일본말이 서투른 사람들에게 무작정 니뽄도를 휘둘러 댔다고도 했다. 자경단의 대창이 등에 업힌 아이와 엄마를 한꺼번에 찔러 죽이고, 재향군인의 칼에 임신한 여자의 배가 찢겼다고 했다. 그러나 가장 참혹하게 죽은 것이 영대천 옆의 빈민굴에 몰려 있던 노동자들이라고 했다. 그들은 온갖 흉기로 무장한 경방단이나 자경단에게 쫓겨 영대천으로 뛰어들었다가 헤엄을 치지 못하는 사람들은 서로 뒤엉켜 빠져 죽고, 헤엄을 칠 줄 아는 사람들은 다시 강변으로 기어올랐지만 몽둥이에 머리가 깨지고 대창에 가슴이 찔려 물귀신이 될 수밖에 없었다는 것이었다. 영대천에서 죽은 노동자들은 수천 명으로, 시체에 시체가 걸려 산더미를 이루었다고 했다.

송중원과 허탁은 얼마 전에 만난 그 노동자들을 떠올리면서도 그 빈민굴을 찾아가 볼 엄두를 내지 못했다.

兵

12

긴 기다림의 끝

어둠이 드리우면서 작은 새들의 지저귐마저 그친 대숲에는 정적이 깊었다. 깊은 정적 속에서 여리고 보드랍게 여울 짓는 대숲의 사운거림은 소리가 아니라 무슨 향내 같기도 했다. 다른 나무숲에서는 들을 수 없는 그 사운거림은 대숲의 체취인지도 몰랐다.

바스락, 바스락…….

어둑한 대숲의 정적을 깨는 소리가 울렸다.

"누구여……, 월엽이여?"

억누를 대로 억누른 남자의 소리가 어둠 속 어디에선가 들렸다.

"야아……, 나요."

바스락거리는 소리와 함께 여자의 낮고 가느다란 목소리가 화답했다.

"여기여, 여기……."

좀 다급해진 남자의 목소리와 함께 대나무 가지들 쓸리는 소리가 일었다.

"아이고, 거기 그대로 있으랑게라. 그러다 들키겄소."

여자의 황급한 소리였다.

그러나 대나무 가지 쓸리는 소리는 멎지 않았다. 그 갑작스러운 소란에 놀란 참새들이 짹짹거리고 푸득거리며 날아갔다.

"어째 이리 늦었는가?"

남자가 여자 앞에 불쑥 모습을 드러냈다. 차득보였다.

"아이고, 들키면 어쩔라고 이러요?"

월엽이의 타박이었다.

"어쩌기는, 죽기 아니면 장가들기제."

차득보의 뚱한 대꾸였다.

"사람 피 마르게 헐라고 작정혔소?"

월엽이가 차갑게 내쏘았다.

"아니여, 너무 반가워 그런 것이제. 저쪽으로 가드라고."

차득보는 월엽이의 손을 조심스럽게 잡았다.

"애기도 아니면서……."

월엽이는 이렇게 중얼거리면서도 반가움을 참지 못하는 차득보의 마음을 헤아리고 있었다. 만약 차득보가 앞뒤 가리지 않고 달려오지 않았더라면 서운했을지도 모른다. 월엽이는 차득보의 손을 가만히 마주 잡으며 걸음을 옮겼다.

"월엽이, 참말로 나를 두고 시집을 갈 참이여?"

집에서 먼 대발 끝머리에 자리를 잡고 앉으며 차득보가 토해낸 말이었다.

"……."

월엽이는 아랫입술을 물었다.

"나 환장혀서 죽겄는디 말 좀 혀 보랑게."

"……인제 와서 어쩌겄소……."

"우리 이대로 당허지 말고 어디로 도망을 가드라고."

차득보는 월엽이의 손을 덥석 잡았다.

"미쳤소? 우리 아부지 죽소."

월엽이는 손을 뿌리쳤다. 그러나 손은 빠져나오지 않았다.

"딴 데로 시집 못 가! 나도 오기가 있는 사내자식이여."

차득보의 목소리가 거칠어졌다.

"혼처 다 정해졌는디 어쩌란 말이오?"

"빌어먹을 혼처가 다 무슨 소용이여."

차득보는 그렇게 말하면서도 온몸에서 맥이 빠졌다.

그런 모습을 본 월엽이의 눈에서 눈물이 솟구쳤다.

'정말 어디로 도망가 버릴까!'

그러나 또 아버지 얼굴이 밀려들었다.

보름이 며칠 지난 달이 떠올라 대숲의 어둠이 많이 묽어졌다.

월엽이는 가슴에 할 말이 가득했다. 그러나 곧 시집을 가야 할 처지에 다 부질없는 말일 뿐이었다.

공허 스님은 차득보의 부탁을 받고 아버지에게 혼사 이야기를 꺼냈다. 그런데 아버지는 냉정하게 고개를 젓고 말았다.

"진작에 정해 놓은 혼처가 있구만요."

이건 공허 스님의 체면을 생각해서 아버지가 한 말일 뿐이었다.

"니가 몸가짐을 어찌했으면 그런 말이 나오더란 말이냐? 세상이 아무리 바뀌어도 그것은 안 될 일이다. 오늘부터 열흘 동안 방에서 나오지 말거라."

자신을 꾸짖은 이 말은 지체가 달라 혼인을 시킬 수 없다는 뜻이었다. 아버지를 원망할 수는 없었다. 그건 어길 수 없는 법도였다. 애초에 지체가 다른 남자에게 마음을 준 자신의 잘못이었다.

차득보는 며칠 뒤에 공허 스님을 따라 집을 떠났다. 그게 넉 달 전 일이었다. 그런데 차득보는 열흘 간격으로 대밭을 찾아들었다. 자신도 차득보를 안 보고는 견딜 수가 없어서 열흘에 한 번씩 만나기로 약속했던 것이다. 그리고 아버지는 서둘러 혼처를 정했다.

"그려…… 인제 혼삿날이 너댓새 남었제?"

차득보가 무겁게 입을 열었다.

"……."

월엽이는 그 말을, 이것이 우리가 마지막으로 만나는 것이지, 하는 뜻으로 들었다.

"그려…… 공허 스님 말씀대로 우리야 애초에 인연이 아니었제."

차득보의 목소리가 잠겨들었다.

"……."

월엽이는 손에 잡히는 대로 풀을 쥐어뜯고 있었다. 마지막이라고 생각하니 안타까움이 사무치고, 아버지가 끝없이 원망스러웠다.

공허 스님이 나섰을 때 걱정은 했지만 그래도 일이 잘 풀리리라 믿었다. 아버지는 언제부터인가 상민을 천시하지 않았고, 차득보를 자식 대하듯 했던 것이다. 그러나 아버지는 상투를 자르지 않았듯, 마음을 다 연 것은 아니었다.

"그려……, 잘 살어."

차득보는 더디게 몸을 일으켰다.

월엽이는 눈물이 왈칵 쏟아지려 했다.

'우리 도망가요. 당장 나를 데려가요. 당신 없이 난 못 살아요.'

월엽이가 부르짖었다. 그러나 그 소리는 가슴속에서만 들끓을 뿐 입으로는 한 마디도 나오지 않았다.

"저…… 담배쌈지 그대로 지니고 있제라?"

월엽이의 말은 이미 울음 범벅이었다.

"이잉……."

차득보는 고개를 끄덕였다.

월엽이는 차득보 생일날 베갯모에 수놓는 두 마리 학을 담배쌈지에 수놓아 선물했던 것이다. 그 쌈지를 평생 지니고 나를 보듯 하라는 말을 대신하고 있었다.

그러나 차득보는 거울을 잘 지니라는 말을 하지 않았다. 월엽이가 담배쌈지를 만들어 주기 전에 차득보는 월엽이에게 손거울을 사 주었던 것이다.

두 사람은 한동안 말없이 앉아 있었다.

"현생에서 못 맺어진 인연은 후생에 가서 맺어지는 법이니라. 그동안 맺은 인연도 소중헌 것잉게 더 욕심부리지 말고 그 인연이나 고이 간직해라."

공허 스님의 말이었다.

차득보는 고개를 저었다. 후생이라면 죽은 다음이었다. 죽은 다음에 저승이 있는지 없는지 알 수가 없었다. 혹시 후생에서 인연이 맺어진다 하더라도 그건 너무 아득한 일이었다.

몇 년 동안 월엽이와 지낸 것을 생각하면 꼭 꿈만 같았다. 월엽이를 좋아하면서부터는 농사일이 힘든 줄도 몰랐다. 월엽이는 밥만 수북수북 고봉으로 퍼 담아 주는 게 아니었다. 새참도 손수 내왔다. 밥맛보다도 논두렁에서 월엽이와 단둘이 즐기는 재미가 더 고소했다. 풀꽃 반지를 만들어 준 일이며, 짚단을 부엌으로 옮겨 주다가 처음으로 손을 잡은 일, 물뱀으로 놀려 대다가 울린 일, 한겨울 밤 고구마를 구워 먹은 일, 그 뒤로 식구들 눈 피해 가며 몰래몰래 대밭에서 만난 일…….

"더러더러 만나지겄제?"

한숨과 물기에 젖은 차득보의 말이었다.

월엽이는 고개를 끄덕였다. 그리고 흑 울음을 터뜨리며 돌아서 달음박질쳤다. 차득보는 팔을 뻗치며 네댓 걸음 따라가다 멈추었다.

대나무 사이로 멀어지는 월엽이의 모습이 어릿어릿 흐려지고 있었다. 차득보는 손등으로 눈물을 훔쳤다.

날아가는 기러기야 이 편지를 우리 아버지께 전해 다오
한 자를 쓰고 한숨짓고 두 자 쓰고 눈물이 떨어지니…….

〈심청가〉 중에서 심청이가 아버지를 그리는 애끓는 심정이 여자의 맑은 목청에 실리고 있었다.

"잘헌다아!"

고수가 추임새를 넣었다.

"오냐, 되았다."

눈을 지그시 감고 있던 남자가 접은 쥘부채로 허공을 짧게 치며 눈을 떴다.

한쪽 무릎을 세워 단정하게 앉은 여자는 다음 소리를 내려다가 문득 소리를 멈추었다.

"그려, 니가 인제 실헌 소리꾼이 되았구나. 그동안 고생 많이 혔다."

아랫목에 앉은 초로의 남자가 처녀를 바라보며 잔잔하게 웃었다.

"아이고, 우리 옥녀 소원 풀이 혔고나. 소리 날개 달고 구만리 장천을 훨훨 날게 생겼으니 얼마나 좋냐? 선생님 앞에 얼른 큰절 올려야제."

고수가 신바람이 나서 북을 퉁 울렸다.

옥녀의 눈에 눈물이 핑그르르 돌았다. 실로 몇 년 고생 끝에 듣게 된 말이었다.

옥녀는 눈물을 삼키며 몸을 일으키고는 정성을 다해 소리 스승이며 양아버지인 남자 앞에 큰절을 올렸다. 참으려 해도 눈물이 뚝뚝 떨어졌다.

"그려, 장허다. 그동안 니가 소리 공부만 허기도 어려운디 밭농사에 집안일까지 허면서 소리꾼 틀을 잡었으니 참 고생 많았다. 인제 이 애비는 잊고 니 오빠 찾어 떠나거라."

옥녀의 양아버지는 담담하게 말했지만 얼굴에 서운한 빛이 스쳤다.

4년 전, 옥녀는 놀이 패에 끌려다니다가 보성이 가깝다는 것을 알고 죽어라 도망을 쳤다. 놀이 패에게 끌려다니는 것이 지긋지긋했고, 보성에 명창이 있다는 소문을 들은 터였다. 그 명창을 찾아가 소리를 제대로 배우고 싶었다.

"어허, 목청은 타고났는디 못된 놈들헌티 끌려댕기느라고 오만 잡소리 때가 꾸질꾸질 많이도 끼었구나. 그 땟국물 다 빼자면 몇 년이 걸릴지 몰러. 타고난 목청이 아깝기는 헌디……."

옥녀의 소리를 한 자락 들어 본 보성 명창은 혀를 차다가 입맛을 다시다가 했다.

"소리꾼은 아무나 되는 것이 아닌디, 내가 니 맘을 어찌 믿겠냐?"

보성 명창은 엄하고도 냉정한 얼굴로 열네 살 옥녀의 눈을 뚫어지게 쏘아보았다.

"죽을 맘으로 허겄구만이라우."

옥녀는 온몸의 힘을 모아 말했다.

"죽을 맘으로 허겄다고……? 그려, 그런 맘이면 안 될 일이 없제."

그렇게 소리 공부 허락을 받았다.

소리 공부를 하러 오는 사람들은 다달이 돈을 냈다. 그런데 옥녀는 돈은커녕 먹고 자고 입는 것까지 신세를 져야 했다. 옥녀는 그 값을 하려고 닥치는 대로 일을 했다.

"니가 영판 야물고 부지런허다 잉? 없는 살림에 혹덩이가 붙은 줄 알었더니 복덩이가 굴러 들어온 것이랑께."

두 달이 못 되어 명창 부인이 옥녀를 다독거리며 한 말이었다.

"니가 엄니 아부지가 안 계시니 우리 수양딸이 되는 것이 어쩌겄냐?"

얼마쯤 더 지나 명창 내외가 꺼낸 말이었다.

옥녀는 그 말이 너무 고마워 눈물을 떨구었다.

명창 내외를 아버지 어머니로 부르게 되면서부터 옥녀는 한결 마음이 편해졌다. 그래도 일은 더 열성으로 해 텃밭 농사에 밭농사까지 혼자 도맡다시피 했다.

소리 공부는 아침 일찍 한 번, 저녁에 한 번이었다. 아침에 양아버지가 한 대목을 들려주면 몇 번을 따라 하고, 저녁에 다시 양아버지 앞에서 불렀다. 아침에는 배우고 저녁에는 시험을 치르는 것이었다. 그 시험에서 양아버지가 '조옿다!' 하며 쥘부채를 쫙 펼치게 하려면 일을 하면서도 하루 종일 입 속으로 연습을 해야 했다. 밥을 하면서도 설거지를 하면서도 빨래를 하면서도 김을 매면서도 아침에 배운 대목을 부르고 또 불렀다. 그러다 보면 자기도 모르게 소리가 입 밖으로 터져 나오면서 부지깽이로 부엌 바닥을 치거나 숟가락으로 설거지통을 치거나 빨랫방망이로 빨랫돌을 치거나 호미로 밭이랑을 찍어 대며 장단을 맞추기 일쑤였다.

"어쨌거나 소리꾼이 되는 것은 다 팔자소관이니라. 옛적부터 소리꾼들은 천시당하면서도 소리가 좋아서 평생을 제멋에 취해 살았제. 그런디 왜놈들 세상이 되면서 왜놈들이 우리 소리를 몰아대는 데다가, 왜놈들 노래 밀려들제, 양악이 판치제, 활동사진 돌아가제, 그렁께 소리가 자꾸 밀리고 시드는 판이다. 어째 요런 말을 허능고 허니, 니가 한평생 소리 지키고 살라면 맘 야물딱지게 먹어야 헌다 그 말이다."

양아버지는 옥녀를 쓰다듬듯 하는 눈길로 바라보았다.

"야아, 명심하겄구만이라우."

"그려, 니는 맘이 강단지니 잘헐 것이여. 그리고 니 이름을 옥비라고 혀라. 구슬 옥(玉)에 날 비(飛), 옥 겉은 소리가 날아올라 하늘에 닿게 소리를 잘허라는 뜻이다."

양아버지의 담담한 말이었다.

"아부님, 황감허구만요."

옥비—. 그 이름의 뜻이 너무 컸고, 선생님이 자신의 소리를 그리 대단하게 여겨 주는 것에 옥녀는 감격하지 않을 수 없었다.

"자주 찾아뵙도록 허겄구만요."

"아니여, 니는 인제 소리허고 혼인헌 것잉께 일부러 오지는 말어."

양아버지의 목소리가 가라앉았다.

옥녀는 90리 밖 순천으로 가 이리까지 가는 기차표를 끊으며 뿌드득 소리가 나도록 어금니를 맞갈았다. 이날이 오기를 얼마나 고대했던가? 그동안 오빠를 애타게 그리면서도 보성에서 4년 세월을 보낸 것은 꼭 실한 소리꾼이 되기 위해서만은 아니었다. 어서 나이를 먹어 기운이 세지기를 기다린 것이기도 했다.

옥녀는 작은 보퉁이를 꼭 끌어안고 기차 밖을 내다보고 있었다. 눈앞에 오빠의 모습이 어렸다. 어느덧 11년의 세월이 지났다. 그런데 떠오르는 오빠의 얼굴은 헤어질 때 모습 그대로였다. 스물한 살 먹은 오빠의 얼굴을 그려 보려 했지만 허사였다. 지금쯤 어디 있는지…… 어디서 마주쳐도 서로 못 알아보지는 않을지…….
옥녀는 조바심에 가슴을 떨었다.

대답허소 대답허소 오라버니 대답허소
십 년이라 긴긴 세월 하루걸이 불러 대도
어느 골 어느 들을 떠돌아댕기기로
동풍에도 답이 없고
서풍에도 소문 없고
이내 몸 피 말라서 돌로 굳겄네
봄이면 나비 보고 소식 묻고
여름이면 은하수에 소식 띄우고
가을이면 달빛 보고 애원을 허고
겨울이면 바람결에 애원성 실어 보내도
야속해라 무정해라 그리운 오라버니
비바람에 몸 적시고
설한풍에 몸 얼어도
이 세상 그 어디에
살아서만 있어 주소
지성이면 감천이라 만날 날 있을 거네

옥녀는 스스로 만든 이 노래를 또 속으로 부르며 눈물을 씹었다. 밭에서 김을 매거나 사람 없는 빨래터에서 소리쳐 부르곤 하던 노래였다.

다음 날, 옥녀는 밤늦게 주막을 찾아들었다. 사람들 눈을 피해 일부러 밤이 늦기를 기다린 참이었다.

"이보시오, 이보시오, 잠자리 있소?"

옥녀는 주인 여자의 방문을 흔들었다.

"……거기 누구다요?"

잠기가 묻은 목소리였다.

"길 가던 사람인디, 잠자리 찾으요."

옥녀는 보퉁이에 한 손을 집어넣으며 몸을 부르르 떨었다.

"한밤중에 여자가 간도 크시……."

구시렁거리는 소리와 함께 방 안에 불이 밝혀졌다.

"야아, 주막 찾어 걷다 보니 요리 늦었구만이라."

옥녀는 상대방이 안심하도록 슬쩍 받아넘기며 보퉁이 속에서 그것을 틀어쥐었다.

"방이야 빈 것이 있소."

문고리가 벗겨지며 방문이 열렸다.

"이년아, 꼼지락 말어. 지랄하면 모가지를 팍 따 불 것잉게."

옥녀는 방을 나서는 여자의 저고리 앞섶을 재빨리 틀어잡고 목에 칼을 들이댔다.

"아, 아, 아니……."

여자는 방 안으로 떠밀려 들어갔다.

"힝, 못된 짓 허면서 잘 처먹고 살어서 별로 늙지도 않았구나. 내가 누군지 알겄냐?"

여자의 목에 칼을 더 바짝 들이대는 옥녀의 목소리가 싸늘했다.

"누, 누구신게라. 모, 모르겄소. 돈, 돈 저기 있소."

옥녀를 곁눈질하며 주인 여자는 와들와들 떨고 있었다.

"이것아, 정신 차리고 내 얼굴 똑똑히 봐."

옥녀는 틀어잡은 옷섶을 앞뒤로 마구 짓쳐 댔다. 그 기운에 여자는 몸을 가누지 못하고 휘둘렸다.

"차, 참말로 모르겄는디요. 내가 무슨 잘못을 혔다고 이러신당게라."

주인 여자는 옥녀를 보면서도 전혀 알아보지 못했다.

"요런 뻔뻔헌 것, 하도 못된 짓을 많이 해서 무슨 잘못을 혔는지도 모르겄지야? 니년은 죽어야 써!"

옥녀는 이를 뿌드득 갈며 칼을 더 바짝 디밀었다. 칼끝이 여자의 살을 파고들었다.

"아이고메, 살려 주씨요!"

여자가 부르짖었다.

"내가 누군지 아냐? 니년이 11년 전에 팔아먹은 옥녀다, 옥녀. 오늘 밤이 니년 제삿날이여!"

"뭣이여, 옥녀? 아이고, 진작에 오제."

여자의 입에서 터져 나온 소리였다.

"뭣이여……?"

그 느닷없는 소리에 옥녀는 그만 어리둥절해지고 말았다.

"오빠가 기다리고 있구만. 벌써 몇 년 전부터 자네를 기다리고 있단 말이시. 나도 자네 소식을 알아낼라고 백방으로 애를 쓰고 말이시."

주인 여자는 한달음에 쏟아 놓았다.

"아니, 고것이 무슨 소리다요?"

옥녀는 그 이야기를 종잡지 못하고 있었다.

"아이고, 요 칼 좀 치우고 차근히 말허세. 자네가 요리 이쁜 큰애기로 변했으니 내가 알아볼 수가 있어야 말이제."

주인 여자는 재빠르게 '이쁜 큰애기'라고 옥녀의 비위까지 맞추었다.

"또 나를 속일 생각은 마씨요. 칼 없이도 죽일 수 있응게."

옥녀는 칼을 거두며 주인 여자를 노려보았다.

"어이, 어이, 그리로 앉세."

옥녀는 주인 여자를 마주하고 앉았다.

"몇 년 전에 자네 오빠 득보가 어떤 스님허고 느닷없이 들이닥쳐서 자네를 찾아내라고 왈기는디, 그 스님이 얼마나 기운이 세든지 내가 죽는 줄 알었네. 근디 내가 자네 소식을 알아야 말이제. 어쨌거나 자네를 꼭 찾아 주기로 약속허고 겨우 죽음을 면혔네. 그 후로 자네 소식을 알아보니 어디로 도망을 갔다는 것이고, 어디 숨어서 소리를 배울 것이라고 안 그러등가? 그동안 내가 얼마나 피 말랐는지 아능가? 서너 달마다 자네 오빠허고 스님이 찾아와 사람을 잡죄 대제, 자네가 어디 있는지 알 수는 없제, 내가 사는 낙을 다 잃었구만."

주인 여자는 비위 좋고 입담 좋게 이야기를 풀어놓았다.

"그럼 우리 오빠가 어디 사는지 안다 그것이요?"

옥녀는 의심을 풀지 않은 채 물었다.

"하먼, 여기서 십 리가 안 되네. 내일 나허고 만나러 가세."

주인 여자가 환하게 웃었다.

"장가는 들었습디여?"

"어디가, 자네 찾느라고 정신이 하나 없는 판인디."

"근디 뭘 허고 산다드라요?"

"잘은 모르겄는디, 항께 오는 스님이 어떤 집에 있게 혀서 편히 지내는 눈치등마."

"그 스님은 누구다요?"

“아이고 이 사람아, 숨넘어가겄네. 어찌 그리 사또 문초허듯이 물어 대능가?”

“아, 대답이나 하지 무슨 새살이요, 새살이. 나를 팔아먹은 죄를 몰라서 시방 새살까고 앉었소!”

표독스럽다 싶게 내쏘는 옥녀의 목소리가 쨍 높아졌다.

“아니시, 아니여. 내 잘못 다 알고 있네. 긍게로 겁나서 물어보지는 못혔는디, 자네 오빠가 자네 찾을라고 떠돌아댕기다가 만난 눈치등마.”

“우리 오빠는 여기서 언제 떠났소?”

옥녀가 여자를 꼬나보았다.

“자네 가고 금방 떠났네.”

주인 여자는 고개를 떨구었다. 지은 죄가 있어 저절로 그렇게 되었다.

“밥 아까워서 쫓아냈제라!”

옥녀의 목소리가 카랑하게 터졌다.

“아니시, 아니여. 지가 도망을 가 부렀네.”

여자는 다급하게 고개를 내저었다.

“거짓말 말어. 날 팔아먹고 오빠는 쓸데없웅게 내쫓은 것이제?”

옥녀의 목소리에 날이 더 섰다.

“아이고, 오빠 만나면 금세 알 일인디 내가 거짓말허겄능가?”

만약 오빠를 쫓아냈다면 옥녀는 다시 여자에게 보복을 할 작정이었다. 그러나 그 말이 거짓말 같지는 않았다. 오빠는 팔려 간 자신을 찾으려고 주막에서 도망쳤을 것이었다. 옥녀는 새삼스럽게 가슴이 찡 울리며 목이 메었다.

"오빠가 여기 언제 찾아왔습디여?"

"이, 그것이 만세 난리 일어난 다음이시."

"만세 난리……?"

그해는 자신이 보성에 자리 잡고 소리 공부를 시작한 때였다. 그전까지 육칠 년을 오빠는 어디를 떠돈 것일까? 자신이 팔려 갔는데도 그저 주막에서 밥이나 얻어먹고 있을 오빠가 아니어서 자신도 다니는 곳마다 오빠를 찾으려고 얼마나 애를 태웠던가?

"얼른, 옷 챙겨 입으씨요."

옥녀가 느닷없이 자리를 차고 일어났다.

"오옷……?"

주인 여자가 어리둥절해서 옥녀를 올려다보았다.

"오빠 집으로 앞장서란 말이오!"

옥녀가 빠락 소리를 질렀다.

"아니, 이 한밤중에……? 내일 아침 일찍 떠도 점심때에는 닿을 것인디……."

"말 씹을라요? 나야 한시가 급헌디."

옥녀가 여자에게 달려들었다.

"알겄네, 알겄네. 옷 입음세."

여자가 옥녀를 피해 옆 걸음질을 치며 다급하게 말했다.

깊은 밤, 별들이 하늘 가득 반짝거리고 있었다. 옥녀는 그 별들을 올려다보며 빠른 걸음을 옮겨 놓았다. 그 별들이 비로소 고와 보이고 가슴 벅찬 기쁨으로 느껴졌다. 어제까지만 해도 그 별들은 눈물이고 슬픔이었다. 별들만이 아니었다. 달도 그리움이고 서러움이었다. 혼자서 별과 달을 바라보며 오빠를 얼마나 목메어

불렀던가?

"이 사람아, 좀 천천히 가세. 사람 숨넘어가겠네."

어둠 뒤에서 들리는 숨 가쁜 소리였다. 그러나 옥녀는 들은 척도 하지 않았다.

옥녀는 오빠의 얼굴을 생각하며 걸었다. 그러나 언제나 그랬듯 헤어질 때의 얼굴이 떠오를 뿐 어른이 된 오빠의 모습은 상상이 가지 않았다. 옥녀는 길을 걸으면서 오빠도 자기도 서로 못 알아보면 어쩌나 하는 걱정이 점점 커졌다.

"우리 오빠가 많이 변했습디여?"

옥녀는 기어이 이 말을 묻고 말았다.

"못 알아볼랑가 걱정되는가? 별걱정 다 허네. 핏줄은 서로 땡긴께 핏줄인 법이시."

새벽닭이 울면서 먼동이 터 오고 있었다. 지친 기색이 완연한 주인 여자가 한 집을 손가락질했다.

"오빠, 오빠, 나 왔소. 옥녀 왔소!"

옥녀가 마당을 가로지르며 소리쳤다.

"득보 오빠, 나 왔당게. 옥녀가 왔소!"

"뭐, 뭣이여! 오, 옥녀라고!"

방문이 벌컥 열렸다.

13

모자의 이별

"다들 지금부터 하는 말을 정신 바짝 차리고 들으시오. 총독부는 작년(1923년) 10월에 소위 독립운동가라는 불령선인들의 국내 잠입을 막기 위해 경기도와 함경도에 외사경찰과를 만들었소. 또 국경 수비대도 더욱 강화했소. 경신년 대토벌 이후 잠잠하던 불령선인 집단이 우리의 만주 출병군이 퇴각하자 다시 날뛰기 시작했기 때문이오. 그중에서도 특히 의열단이라는 폭도들은 1921년부터 금년까지 경성 총독부에 폭탄을 투척하고, 상해에서 우리 육군 대장을 저격하려다 체포되는가 하면, 종로에서 폭탄을 던지고, 상해에서 대량의 폭탄을 들여오다가 적발되기도 했소. 이 사태를 막기 위해 총독부에서 외사경찰과를 만들었는데, 사태는 오히려 점점 나빠지고 있소. 의열단 폭도들이 동경까지 침투해 폭탄을 던지는가 하면, 남만주에는 참의부, 의군부라는 불령선인의 단체가 생겨났고, 금년에는 북만주 일대에 신민부가 또 생겨나 그놈들의 도발이 벌써 200건을 넘었소. 그런데 이런 사태를 더 악화시키는 악질 집단이 또 생겨났소. 바로 새로운 사상이라는 공산주의에 물든 놈들이오. 삼사 년 사이에 조선 땅에 소작쟁의와 노동쟁의가 급속히 퍼지고 있는데 그게 다 그놈들의 사주로 일어난 거요. 그 사회주의자라는 놈들은 소작료 인하와 임금 인상으로 소작인들과 노동자들을 충동질하면서 뒤로는 반일을 하고 있다 그거요. 자, 여러분은 이 사태 앞에서 어찌해야겠소? 방법은 단 한 가지, 더 적극적으로, 더욱 맹렬하게 맡은 임무를 수행하는 길뿐이오. 공을 세우면 반드시 보상이 따를 것이오. 이만 해산하겠소."

참모장이 단상을 내려갔다.

양치성은 긴장을 풀며 숨을 크게 들이켰다가 내쉬었다. 그러다가 그만 오른쪽 가슴을 싸안으며 가느다란 신음을 물었다. 또 그 증상이었다. 분명 오른쪽 가슴이 찢어지는 것 같으면서 맞바람이 통하는 기분이었다.

"걱정 마시오. 그건 착각이고 환각입니다. 아직 피해를 당한 공포나 두려움이 남아 있어서 그런 겁니다. 일종의 피해망상증이죠. 그 기억을 빨리 잊는 수밖에 없습니다."

의사의 진단과 처방이었다.

그러나 양치성은 그 일을 잊을 수 없었다. 수국이를 죽여야만 잊을 것 같았다.

양치성은 나남의 군인 병원으로 옮겨져 두 달 가까이 치료를 받으면서 수국이의 행위를 곱씹어 생각해 보았다. 자신을 해친 날짜며, 감쪽같이 자취를 감춘 것이며, 언제부턴가 야들거리며 돈을 타낸 것이며, 무엇 하나 계획적이지 않은 게 없었다.

"폐를 다치지 않아 정말 다행입니다. 왼쪽을 찔렸다면 심장이 치명상을 입었을 겁니다."

의사의 말이었다.

술에 취해 자다가 마누라에게 당했다고 할 수는 없었다. 그래서 독립군으로 의심이 가는 놈을 미행하다가 골목에서 기습을 당했다고 둘러댔다.

수국이를 잡으려고 서간도 쪽으로 옮겨 갈 궁리도 해 보았다. 그러나 감정을 앞세워 그곳에 숨어들었다가는 수국이를 잡기 전에 오히려 자신이 당할 위험이 컸다. 서간도에서는 밀정을 잡아 처단하는 일이 갈수록 심해지고 있었다.

한편, 수국이는 아들을 중국 사람 진 씨 집에 보내기로 했다. 자식이 없는 진 씨가 아이를 보고 마음에 들어 했다는 것이었다.

수국이는 서간도로 온 다음 달부터 입덧을 했다.

“다들 헛눈 팔지 말고 잘 지켜야 헐 것이오. 갸가 겉보기허고는 다릉게.”

지삼출이 여자들에게 귀띔한 말이었다. 수국이가 또 목을 맬지도 모른다는 뜻이었다.

그러나 필녀는 수국이가 목을 매지는 않으리라고 자신했다. 아무리 마음에 없는 아이를 뱄더라도 제 목숨을 끊을 수국이가 이제는 아니었다.

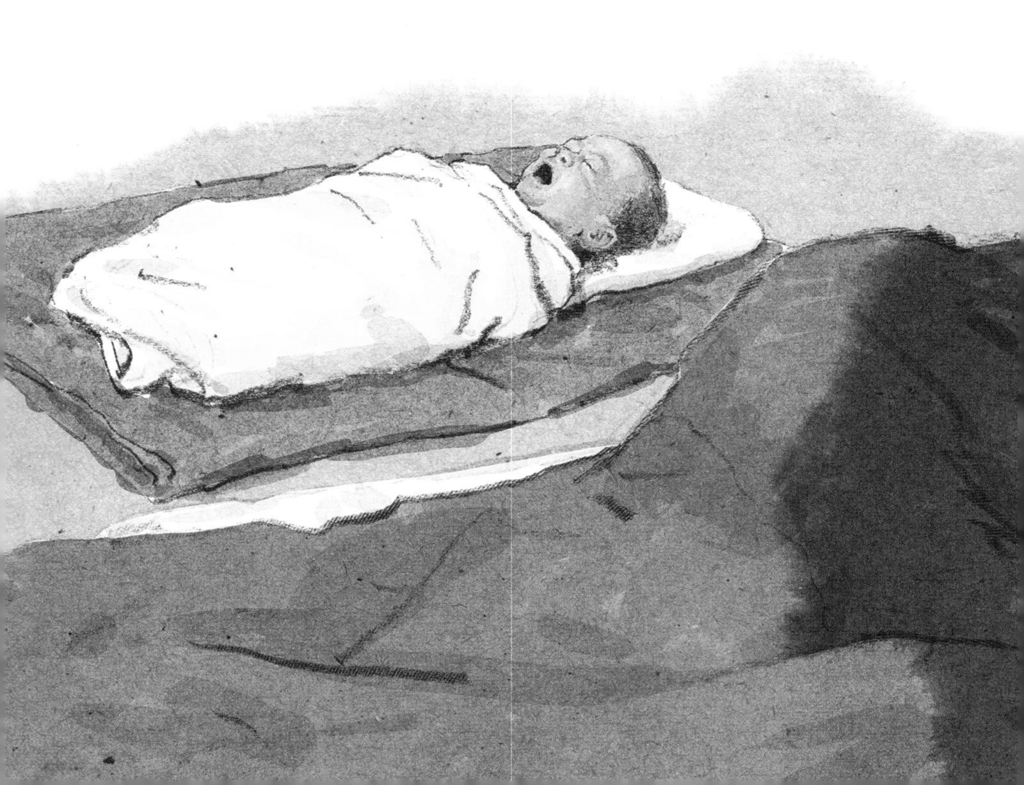

“우리 엄니가 어떻게 죽은 줄 아냐? 나는 죽을 때까지 우리 엄니 웬수를 갚을겨. 양치성이 그놈 하나로는 맘이 안 차. 그날 엄니랑 항께 죽은 사람들이 얼마라고.”

수국이는 잠자리에서 이런 말을 하며 부르르 떤 것이 한두 번이 아니었다.

역시 수국이는 죽을 생각 같은 것은 하지 않았고 산달이 되어 몸을 풀었다. 핏덩이는 고추를 달고 있었다. 그런데 수국이는 딸인지 아들인지 묻지 않았고, 아이에게 젖꼭지조차 물리려 하지 않았다.

“하이고, 참말로 독허기도 독허시.”

"긍게 말이시. 사람 걸 보고 모른당게."

여자들이 혀를 내둘렀다.

"그나저나 저러다가 저 애기 남의 집에 가기 전에 굶어서 죽는 것 아니여?"

"그럴 수야 있간디요? 어린 것이 무슨 죄가 있다고."

필녀가 세차게 고개를 흔들었다.

"자네가 젖 먹이라고 권해 볼랑가?"

"내 말이라고 듣간디요."

"그럼……?"

"내가 키울라요."

필녀는 갓난아이를 안았다. 아이를 위해서만이 아니었다. 수국이의 괴로움도 덜어 주어야 했다.

필녀는 동냥젖을 얻어 먹여 아이를 키우면서부터 수국이와 한 방을 쓰지 않았다. 수국이는 그 일에 아무 내색도 하지 않았다. 필녀는 그런 수국이의 속마음을 짐작할 수가 없었다. 자식에게 정이 쏠리면서도 참고 있는 것인지, 정말 어머니를 죽인 원수의 자식이라 꼴도 보기 싫은 것인지 종잡을 수 없었다.

어렵사리 동냥젖을 얻어 먹이고, 그마저 안 되면 밥 국물을 먹여 가며 100일을 넘겼다.

"누가 웬수 놈의 새끼 아니라고 커 갈수록 지 애비를 떡판에 찍어 냈당게."

어느 날 수국이가 불쑥 내뱉은 말이었다.

다음 날 아침 지삼출이 필녀네 거처로 들어섰다.

"어떤고?"

지삼출은 필녀를 보며 수국이의 방을 눈짓했다.

"속이야 좋을랍디요마는 겉보기에는 암시랑토 안 허구만이라."

필녀가 수심 깃들인 얼굴로 혀를 찼다.

"그려, 아무리 웬수 놈의 새끼라 혀도 제 핏줄인디 그 속이 오죽허겄능가?"

지삼출이 먼 산을 바라보며 쌈지를 꺼냈다.

"그 집에서 잘 키우기는 허겄소?"

"걱정 마소. 고르고 고른 집잉게. 갈 길이 먼디 그만 나서야제?"

지삼출이 곰방대를 털며 일어났다.

필녀는 조그만 보퉁이와 함께 아이를 안았다.

"가자, 차돌아. 새엄니헌티 가자."

필녀는 토방을 내려서며 일부러 목청을 높였다. 그러나 수국이의 방문은 열리지 않았다.

"그려, 저리 독허게 맘 안 먹고야 핏줄이 끊어지겄어?"

지삼출이 침울하게 중얼거렸다.

필녀와 지삼출이 동네를 벗어날 즈음, 수국이가 방에서 뛰쳐나

왔다. 짚신을 꿰신은 수국이는 허둥지둥 사립 쪽으로 내달았다.

수국이의 눈길은 필녀와 지삼출을 쫓아가고 있었다. 이미 두 사람은 아득히 멀어져 있었다. 수국이는 사립을 붙들며 흑 울음을 터뜨렸다. 흐느낌과 함께 어깨가 흔들렸다. 울음소리가 진해지며 허리가 흔들렸다. 이내 온몸이 흔들리기 시작했다.

송수익은 수국이의 아들을 양자로 보내는 일을 그저 지켜만 보았다. 지삼출이 일을 잘 매듭짓고 있었고, 무심한 척하는 게 수국이가 더 편할 것 같았다.

송수익은 다른 문제로 고심하고 있었다. 며칠 전, 통의부와 의군부 사이에 또 유혈 충돌이 벌어졌던 것이다. 총을 앞세운 군사력 대결이었다.

송수익은 그 문제로 이틀째 회의에 나갔다. 해결책을 찾기 어려운 대책 회의였다. 벌써 2년 동안 충돌이 생길 때마다 똑같은 회의를 되풀이했지만 마땅한 해결책은 나오지 않았다.

"회의를 시작하겠습니다. 어제 결말을 못 본 전덕원 일파의 문제에 대해 의견을 내 주십시오."

회장이 방에 둘러앉은 다섯 사람을 둘러보았다.

그들 여섯 사람 가운데 셋은 지역 행정구의 대표였고, 다른 셋은 각 행정구의 치안을 맡고 있는 경호대장들이었다. 행정구의 대표는 비교적 나이가 많은 사람들이 맡았고 경호대장은 거의가 젊은 사람이었다. 그들은 큰일이 생기면 중앙 회의에 참석했다.

"전덕원 일파를 그대로 둬서는 안 된다고 생각합니다."

눈이 부리부리한 경호대장이 말했다.

"그대로 둬서는 안 된다니, 그게 무슨 뜻이오?"

회장이 차분한 어조로 물었다.

"예, 전덕원은 이제 나이 들어 별 쓸모도 없으면서 그 고집불통의 복벽주의로 자기와 뜻이 다른 독립군을 적으로 삼아 계속 난동을 부리는 것 아닙니까? 그러니 우리 통의부는 온 힘을 다해 전덕원을 만주에서 몰아내든지, 붙잡아다 발을 묶든지 해야 합니다."

"그렇습니다. 전덕원 하나만 그렇게 해 버리면 의군부는 저절로 무너집니다."

광대뼈 불거진 경호대장의 말이었다.

"글쎄…… 그러자면 또 우리 독립군들끼리 죽이고 죽는 일이 벌어지지 않겠소?"

회장이 느리게 고개를 저었다.

"한 번 겪는 게 낫지, 그렇지 않으면 앞으로 두고두고 충돌이 생겨 사람은 사람대로 상하고 독립 투쟁은 독립 투쟁대로 안 됩니다."

첫 번째 경호대장의 말이었다.

"예, 꼭 정면공격만 생각할 게 아닙니다. 전덕원의 활동을 중지시킨다는 원칙만 정해지면 그 일을 추진할 방법은 얼마든지 있습니다."

두 번째 경호대장이 말을 받았다.

"송 선생 의견은 어떠십니까?"

회장이 송수익을 바라보았다.

"예, 경호대장들의 의견이 한 가지 방법일 수는 있습니다. 허나 깊이 생각해야 하지 않을까 합니다. 임금을 다시 받들어 모시기 위해 독립 투쟁을 한다는 복벽주의는 분명 시대의 흐름을 거스르는 것입니다. 허나 복벽주의자들도 독립 투쟁에 많은 공적을 세워 왔습니다. 생각은 서로 달라도 왜놈들과 투쟁한 점을 가볍게 보아서는 안 됩니다. 그러니까 우리는 그들에게 맞서서 자꾸 적대감을 키워서는 안 된다고 생각합니다. 서로 적대감을 키워서 얻은 게 무엇입니까? 아까운 독립군의 희생을 불렀고, 동포들에게 신망을 잃었고, 독립군이 파벌 싸움으로 망해 간다는 왜놈 밀정들의 모함을 받지 않았습니까? 이제 복벽주의는 쇠퇴하고 있고, 앞으로 더욱 쇠퇴할 것입니다. 그러니 이제 우리 쪽에서 먼저 적대감을 버리고 그들과 화합하는 길을 모색해야 하지 않을까 합니다."

송수익은 마른 입술을 축였다.

"복벽주의가 쇠퇴한다고 하셨는데, 그러니까 싹 밀어붙여서 우환을 없애야 합니다."

눈 부리부리한 경호대장의 말이었다.

"그럴 수도 있소. 허나 개도 막다른 골목으로 몰지 말라고 했소. 그리고 이제 우리가 신경 써야 하는 건 복벽주의가 아니라 요즘 퍼지고 있는 신사상이오."

"공산주의 말씀인가요?"

그때까지 입을 다물고 있던 세 번째 경호대장이 송수익을 바라보았다.

"그렇소."

"선생님 보시기에는 어찌 될 것 같습니까?"

"지금 뭐라고 말하기는 어렵지만, 이모저모로 생각해 보면 우리가 복벽주의자를 구태의연하게 생각하는 것처럼 그 사람들도 우리를 그렇게 보지 않을까 싶소."

"에에…… 그러면 어찌했으면 좋겠습니까?"

회장이 이야기가 샛가지 치는 것을 막고 나섰다.

여러 가지 이야기가 오갔지만 의견은 좁혀지지 않았다. 표결을 했지만 3대 3이었고, 그 결과를 그대로 중앙 회의에 올리기로 했다.

송수익은 집으로 돌아오며 전덕원을 생각했다. 그는 철저한 복벽주의자로 여지껏 상투를 틀고 다녔다. 중국이 공화주의로 바뀌고 임시정부가 공화주의를 내거는 것을 보고도 그는 임금을 받드는 것만 고집했다. 갈수록 젊은이들이 반발하며 빠져나가는데도 생각을 바꾸려 하지 않았다.

며칠이 지나 송수익은 예고 없이 찾아온 손님 셋을 맞이했다.

"중앙 회의에서 의군부를 응징하기로 결정했답니다."

어딘가 긴장한 듯한 세 사람이 자리를 잡고 앉자마자 불쑥 내놓은 말이었다.

"또 유혈 사태가 일어나게 생겼습니다."

"그리되면 의군부에서 가만히 있겠습니까?"

"이러다가는 우리끼리 다 죽고 말겠습니다. 참 한심스럽습니다."

송수익은 느낌이 이상해서 묵묵히 앉아 있기만 했다.

"선생님, 무슨 대책을 세워야 합니다."

"중앙 회의 결정인데 무슨 대책이 있겠소?"

송수익은 더디게 고개를 들었다.

"대책이 있습니다. 우리끼리 싸우는 것을 반대하는 동지들이 많습니다. 그 사람들이 모여 새로 조직을 만들면 됩니다."

송수익은 충격으로 머리가 쿵 울렸다. 그는 눈을 감고 있다가 한참 만에 떴다.

"만주에 독립군 단체가 많이 생긴 것은 당연한 일이었소. 나라가 없으니 구심점이 없어 그리된 것이오. 그러다가 분산 투쟁이 효과가 적다는 것을 깨닫고 하나로 뭉치기 시작했소. 그 과정에서 충돌이 일어난 것이오. 헌데 그 충돌이 싫다고 또 단체를 만들면 오히려 일이 복잡해질 뿐이오. 우리는 하나로 뭉쳐야 하오. 분열만은 막아야 하오. 그건 자멸이오."

그러고 나서 달포쯤 지나 송수익은 통의부에서 떨어져 나온 사람들이 참의부를 만들었다는 소식을 들었다.

14

갈림길

신한촌 앞에 펼쳐진 블라디보스토크만에 봄 햇살이 부서지고 있었다. 만은 그 폭이 어찌나 넓은지 건너편 산들이 섬처럼 아득하게 보이고, 길이는 너무 길어 아예 끝이 보이지 않았다.

이광민은 독립문거리에 서서 봄 햇살이 반짝이는 만을 바라보고 있었다. 만의 왼쪽으로 열린 바다를 따라 하루 뱃길이면 원산에 닿는다고 했다. 원산에서 한성까지 기차로 하루, 한성에서 이리까지 또 하루, 사흘이면 집에 닿을 수 있었다. 집을 떠나온 지 벌써 몇 년인가? 1924년이니 어느덧 6년 세월이었다.

"여기 계시군요."

웬 여자의 목소리에 이광민은 고향 생각에서 깨어났다.

“아니, 선숙 씨 아니시오?”

“독립문 앞에 서 계시니까 젊은 투사답게 아주 잘 어울리시네요.”

윤선숙이 서글서글한 큰 눈에 웃음을 담았다. 그 말에서 함경도 말투가 묻어났다.

“벌써 학교 수업이 끝났습니까?”

여기 어쩐 일이냐고 묻는 이광민의 말에 전라도 말투가 묻어나기는 마찬가지였다.

“오늘 반공일이거든요. 오빠가 급한 일로 수청에 갔다가 내일 오신대요. 쉬고 계시라고 하더군요.”

이광민은 고개를 끄덕였다. 예정된 일을 뒤로 미룰 정도라면 그만큼 중대한 일일 것이었다.

“저보고 잘 모시라고 했어요.”

윤선숙이 큰 눈에 또 웃음을 담았다.

“그러던가요…….”

이광민은 어색하게 웃으며 독립문을 올려다보았다.

“이 독립문도 돌로 바꿔야 하는데…….”

윤선숙도 독립문을 올려다보았다.

세 갈래 길 한가운데 자리 잡고 있는 독립문은 나무로 되어 있었다. 3·1 만세의 물결에 따라 신한촌 동포들도 만세를 불렀고, 3월 말에 독립문을 세웠다. 하지만 돈이 모자라 나무로 세울 수밖에 없었다.

"다른 볼일 있으신가요?"

윤선숙이 짧은 머리를 손가락으로 빗질하며 물었다.

"아닙니다……."

이광민은 어물거렸다.

"그럼 저쪽으로 산책하면 어때요?"

윤선숙은 대답도 하기 전에 벌써 돌아서 있었다.

이광민은 윤선숙을 따라 걸음을 옮겼다. 그렇지 않아도 내일 윤철훈을 만날 때까지 시간 보내기가 막연해진 판이었다.

"저분들이 국내에서 일어나고 있는 소작쟁의 이야기를 하고 있군요."

윤선숙이 공원을 벗어나며 말했다.

"예, 중요한 문제지요."

공원에 모여 앉은 노인들은 거의가 나라 이야기를 나누고 있었다. 그러다가 의견이 엇갈려 고함을 치는 일도 있었다.

"저 아이들이 그런 이야기를 알아듣는지 모르겠어요."

윤선숙이 노인들 옆에 있는 아이들을 돌아보았다.

"다 알아듣지는 못하더라도 자꾸 듣는 것이 중요하지요. 자꾸 들으면서 저희들도 모르게 깨달아 갈 테니까요. 그런 면에서 저분들은 아주 자연스러운 애국 선생님들이죠."

"애국 선생님이요?"

윤선숙의 큰 눈이 반짝했다.

"뭐, 마땅한 말이 없어서……."

이광민은 또 어물거리며 윤선숙의 눈길을 피했다. 이광민은 윤선숙의 러시아식 활달함에 부딪힐 때마다 문득문득 당황하고는 했다.

"아니에요, 아주 잘 어울리는 말이에요."

윤선숙의 목소리가 쾌활했다.

"이쪽 서울거리로 가실까요?"

윤선숙이 왼쪽으로 꺾어 돌았다.

'서울스카야'라고도 하는 그 길은 산비탈을 따라 내려가며 해변으로 이어졌다. 신한촌의 일곱 개 큰길 중에서 그 길만이 유일하게 '서울'이라는 조선말이 붙어 있었다.

"혁명가들은 결혼을 안 하는 게 원칙이라고 생각하나요?"

윤선숙이 불쑥 내놓은 말이었다.

신한촌 사람들은 대개 독립운동가를 혁명가라고 했다. 러시아 혁명의 영향이었다.

"글쎄요……."

이광민은 또 대답을 어물거리지 않을 수 없었다.

"철훈이 오빠는 그걸 원칙으로 삼고 있는 것 같아요."

"그야 사람에 따라 다르겠지요."

"어머, 그러세요? 전 이 선생도 오빠와 같은 생각인 줄 알았거든요."

윤선숙은 마치 어린애처럼 좋아했다.

이광민은 감정이 복잡해졌다. 그 말과 함께 윤선숙이 자신에게로 바짝 다가선 것 같은 느낌이었다. 윤철훈의 사촌 동생인 그녀는 윤철훈의 집에서 몇 번 만나면서부터 자신을 대하는 눈치가 예사롭지 않았다.

"아휴 시원해."

윤선숙은 철길을 건너면서 두 팔을 들어 숨을 들이켰다.

갯바람과 함께 바닷물 찰싹거리는 소리가 들렸다. 철길을 건너면 바로 해변이었다.

"여기 자주 와 보셨어요?"

윤선숙이 활짝 웃으며 물었다. 고른 치아가 하얗게 드러났다.

"아니요, 첨입니다."

"아유, 조국 혁명도 급하지만 휴식도 좀 하세요. 강철도 계속 압력을 받으면 어떻게 되는지 아시죠?"

인텔리 여성, 학교 선생답게 윤선숙이 말했다.

이광민은 윤선숙을 바라보며 씩 웃고 말았다. 윤선숙의 동그스름한 얼굴은 예쁘다기보다는 총명해 보였다.

“저 애들은 뭘 하는 건가요?”

이광민은 저쪽 물가의 모래밭에 흩어져 있는 아이들을 가리켰다.

“어디 한번 맞혀 보세요.”

윤선숙이 장난스럽게 웃었다.

“해삼하고 조개를 잡는 겁니까?”

“네, 재들은 점심 먹으러 나온 거예요. 점심을 굶는 가난한 집 아이들이 그런 것들을 잡아 점심을 때우는 거예요. 영양가는 조밥보다 낫지 않겠어요?”

“굶는 것보다는 낫겠군요.”

이광민은 아이들을 물끄러미 바라보았다. 저런 아이들 집에서도 독립 성금을 내고 있다는 사실이 가슴을 쳤다. 신한촌에서 독립 성금을 안 내는 집은 하나도 없었다. 형편에 따라 그 액수가 다를 뿐이었다.

“이 바다는 우리 조선 사람들한테 보물이에요. 일거리도 만들어 주고 저렇게 먹을 것도 대 주거든요. 저녁이면 어른들도 저걸 잡아다가 반찬거리를 해요.”

“예, 그렇군요. 헌데 해삼이나 조개가 많습니까?”

“저하고 잡아 보면 되지요.”

또 윤선숙의 엉뚱함이었다.

“그러지요. 우리도 해삼과 조개로 점심을 때웁시다.”

배고픈 아이들이 먹는 것을 한 끼나마 같이 먹어 보고 싶었고, 윤선숙보다 한 수 높게 나가려고 이광민은 이렇게 대꾸했다.

"네, 그 생각 참 좋네요."

윤선숙은 신바람이 나서 먼저 모래밭으로 들어서며 구두를 벗어 들었다. 이광민도 구두를 벗었다.

"어서 오세요. 여기 봐요, 여기!"

빠르게 손짓하는 윤선숙의 목소리가 부풀어 올랐다.

바지를 다 걷어 올리고 고개를 든 이광민은 문득 윤선숙의 모습에 사로잡혔다. 종아리를 바닷물에 담그고 있는 윤선숙의 모습이 그리도 신선하고 아름다울 수가 없었다.

"예, 뭐가 많습니까?"

이광민은 자기 감정을 들킬까 봐 일부러 목청을 높이며 물속으로 들어갔다.

"발로 모래를 살살 헤집어 보세요. 해삼이고 조개고 막 나온다니까요."

윤선숙은 신명이 나 있었다.

이광민은 살살 모래를 헤집었다. 먼저 발가락에 걸려 나온 것이 조개였다. 이광민은 얼른 손을 뻗쳐 조개를 집었다.

"잡았소, 조개!"

이광민이 윤선숙 앞에 손을 내밀었다.

"에계, 그건 그냥 놔주세요. 큰 걸 잡아야지요."

윤선숙이 픽 웃으며 눈을 흘겼다.

"아니, 이것보다 더 큰 게 있소?"

이광민은 놀라면서 자기 손바닥 위에 놓인 주먹 절반만 한 조개와 윤선숙을 번갈아 보았다.

"이거 보세요. 배는 크지."

윤선숙은 소매가 물에 젖거나 말거나 아랑곳 않고 조개를 집어 올렸다.

"와아, 정말 그렇군요."

이광민은 감탄의 소리를 내며 눈이 휘둥그레졌다.

해삼도 조개도 정말 놀랄 만큼 많았다.

"이건 잡는 게 아니라 그냥 막 줍는 것이로군요. 이게 왜 이렇게 많을까요?"

이광민의 목소리는 흥겨웠다.

"러시아 사람들은 이런 걸 안 먹거든요. 우리가 해삼 먹는 걸 보면 흉보고 이상하게 생각해요. 러시아 사람들은 다시마도 못 먹는걸요. 참 이상해요."

그때 이광민의 머리를 스치는 것이 있었다.

"그 말이 맞아요. 안 먹는 게 아니라 먹을 줄 모르는 겁니다. 그게 바로 그 사람들이 이 땅의 주인이 아니라는 증겁니다. 동쪽으로 동쪽으로 침략해 오며 원주민들을 몰아낸 그들의 역사를 말해 주는 거라 그겁니다."

"어머, 그게 그렇게 되나요?"

윤선숙이 눈을 동그랗게 떴다.

"바다 없는 내륙에서만 살았으니 해산물은 고작 물고기밖에 먹을 줄 모르는 거지요?"

"맞아요, 전 여태 그런 생각 못했어요."

윤선숙은 고개를 끄덕이며 새삼스러운 눈길로 이광민을 바라보았다.

"이게 원래는 우리 땅이었는데……."

이광민이 중얼거리며 허리를 굽혔다.

'아아, 저 남자……!'

새롭게 깊고 커 보이는 그를 바라보며 윤선숙은 몸을 바르르 떨었다.

두 사람은 해삼 네 마리와 조개 네 개를 잡아 모래밭으로 나왔다.

"시큰한 초고추장에 싱싱한 해삼을 찍으면 생각나는 게 뭐죠?"

윤선숙은 마치 이골 난 술꾼처럼 물었다.

"그야 술이죠."

"가요. 제가 해삼 점심에 술 반찬을 사 드릴게요."

"허……!"

그 재치에 이광민은 또 가슴이 시원해지며, "해삼 점심에 보드카 반찬이 어울릴까요?" 하고 되받았다.

"걱정 마세요. 여기 신한촌은 조선 소비에트라는 거 아시죠? 조선 술은 뭐든 다 있어요, 저쪽 술집에."

윤선숙이 철길 건너를 턱짓했다.

술집에서도 드넓은 만이 훤히 바라다보였다. 아무런 치장이 없는 술집에는 막벌이 노동자들이 드나들고 있었다.

이광민은 소주를 시켰다. 손질한 해삼, 조개 안주와 함께 술이 나왔다.

"곧 어디로 떠나시게 되나요?"

이광민은 윤선숙의 말이 날카롭게 허를 찌르고 든다는 것을 느꼈다.

"아직 별다른 계획은 없는데요."

이광민은 덤덤하게 대꾸했다.

"절 속이는 거죠? 저도 알 만큼은 알고 있는데."

윤선숙은 이광민의 얼굴에서 눈길을 떼지 않고 있었다.

"글쎄요, 우리가 하는 일을 선숙 씨한테 다 말해 줄 수는 없지만, 속이지는 않습니다. 헌데, 어째서 그런 생각을 하시죠?"

"……어쩐지 그런 느낌이 들어요. 일본군을 연해주에서 몰아냈고, 두 달 전 조직국이 결성되지 않았어요? 이르쿠츠크파가 그 핵

심을 장악했으니까 이동휘 선생은 더 궁지에 몰린 것 아니에요?"

그럼 이동휘 선생 휘하에 있는 당신들은 무슨 변동이 일어나는 것이 아니냐는 말이었다.

"잘 보셨어요. 이동휘 선생의 처지가 자꾸 어려워지고 있는 건 사실이지요. 허나 아직 무슨 변동이 생긴 것 같지는 않습니다."

이 대목에서 이광민은 벽을 쳤다. 이미 변화는 일어나고 있었다. 다만 그 변화가 구체적이지 않을 뿐이었다. 그럴수록 그 낌새가 외부에 비쳐져서는 안 될 일이었다.

"이 선생은 조선 혁명을 위해 싸우시죠?"

이광민은 그저 웃었다.

"당에 가입하셨나요?"

이광민은 고개를 저었다.

"그럼 여기서 더 할 일이 없으시잖아요?"

이광민은 비로소 윤선숙이 자신이 이곳을 떠날지도 모른다고 걱정한다는 것을 알았다.

"그렇지 않습니다. 만주가 옆에 붙어 있는 한 연해주에도 할 일은 많습니다."

이광민은 마음속의 복잡한 생각과는 달리 이렇게 말했다. 그건 엄연한 사실이기도 했다.

"네, 알겠어요. 편히 쉬게 해 드린다고 해 놓고 제가 괜히 골치 아픈 얘길 꺼냈나 봐요."

윤선숙은 밝게 웃으며 해삼 토막을 찍었다.

다음 날 독립문거리로 다시 나가자 윤철훈이 먼저 와 기다리고 있었다.

"이 동지, 대강 짐작은 했겠지만 어제 수청에 간 게 아니었소. 선숙이 모르게 하려고 그냥 수청에 간다고 했지."

윤철훈이 미안쩍어했다.

"예, 당연히 그래야지요."

이광민은 무슨 일이 있었는지 눈으로 묻고 있었다.

"어제 조직국의 호출을 받았소."

윤철훈이 담배 연기를 길게 내뿜었다.

"……."

이광민은 드디어 올 것이 왔다고 생각했다.

"코민테른에서 연해주 지역의 모든 단체는 조직국 아래로 들어오라는 지시를 내렸소."

"코민테른에서야 당연한 지시겠지요. 그런데 이동휘 선생께서는 어쩌실 작정일까요?"

"이동휘 선생인들 다른 방도가 있겠소. 그 지시를 따르기로 하신 것 같소."

이광민은 그만 고개를 떨구었다.

"우리도 조직국 아래로 들어가라는 것이오."

윤철훈의 말은 끝난 셈이었다.

이광민은 고개를 떨군 채 담배만 빨고 있었다.

"결국 코민테른에서 이동휘 선생을 완전히 제거한 셈이로군요."

이광민은 담배꽁초를 구두 끝으로 사납게 비비대며 말했다.

"우리가 걱정했던 그대로요."

"코민테른이 아주 잔인합니다. 22년에 상해파와 이르쿠츠크파의 통합을 명령하고, 이르쿠츠크파가 열세에 몰리자 퇴장을 해서 통합을 무산시키고, 그걸 빙자해서 고려공산당을 해체하고 코민테른 산하에 고려국을 설치해서 이동휘 선생을 견제하더니, 다시 작년 12월에 고려국을 해체하고 조직국을 결성하고는 끝내 이동휘 선생을 완전히 제거하고 말았습니다. 이건 너무 조직적입니다."

이광민의 목소리가 떨리고 있었다.

두 사람은 더 말이 없이 걸었다.

'이제 어디로 가야 할 것인가…….'

이광민은 생각의 가닥이 잡히지 않았다. 그는 바다로 눈길을 돌리며 긴 한숨을 쉬었다.

〈8권에 계속〉

조정래 대하소설

아리랑

[제3부 어둠의 산하]

주요 인물 소개

소설에 담긴 역사 속 주요 사건

주요 인물 소개

송수익
사랑방 모퉁이에 서당을 차려 동네 아이들을 가르쳤으나 나라의 정책이 바뀌어 그마저도 하지 못하고 뒤숭숭한 마음에 신문을 읽으며 세상의 변화를 관망하고 있다가 의병을 일으켜 일본에 대항하고 국내 사정이 여의치 않자 만주로 이동해 독립 운동을 펼친다.

신세호
잃어버린 나라를 걱정하는 마음은 크지만, 직접 독립운동에는 나서지 못하는 양반으로 송수익과 친구이다. 집을 떠나 있는 친구를 대신해 그 집안을 보살피고, 독립운동을 후방에서 지원한다.

공허
의병 활동 중에 송수익을 만나 그의 손과 발이 되어 만주와 국내를 잇는 역할을 한다. 양반이면서도 모든 사람을 평등하게 대하는 송수익에 매료되어 존경한다.

송중원
아버지 송수익의 친구인 신세호의 도움으로 떠난 동경 유학 중에 허탁을 만나 함께 지하 독립운동을 펼친다.

송가원

송수익의 둘째아들로 아버지의 뜻을 따르는 방법으로 의예과를 졸업해 의사로서 독립운동을 돕기로 마음먹는다.

옥녀

소리꾼 옥비로 기방에서 노래를 하며 돈을 벌어 송가원을 보살피며 사랑을 키운다.

이경욱

일본인의 마름으로 재산을 축적하는 아버지 이동만을 부끄러워하면서 학생 독립운동에 참여한다. 옥녀의 소리를 들은 후 그녀에게 연모의 마음을 품는다.

허탁

송중원의 친구로 일본 유학 시 공산주의 사상에 빠져 지하 독립운동에 몰두한다.

박정애

일제 치하에서 부를 축적한 중인 계급으로 신분적인 열등감에 나라를 걱정하기보다는 개인의 삶에 집중하면서도 공산주의자 허탁에 대한 연모를 품고 어려울 때마다 그와 그 주변 인물들을 재력으로 돕는다.

양치성

아버지가 병으로 세상을 떠난 후 동생들을 부양하기 위해 구걸하다가 우체국장 하야가와의 눈에 띄어 일본 유학을 다녀온 후 정보 요원으로 일한다.

정도규

큰형 정재규와 작은형 정상규의 재산 다툼을 해결하고, 물려받은 재산으로 동네 사람들을 보살피며 국내외의 독립운동을 지원한다.

방대근

송수익을 따라 의병에 나선 소년으로 하와이 사탕수수 농장으로 팔려 간 방영근의 막냇동생이다. 신흥무관학교를 졸업하고 무장 투쟁의 길을 걷는다.

소설에 담긴 역사 속 주요 사건 : 1921~1933년

산미증식계획

일제가 한국을 일본의 식량공급지로 만들기 위해 1920년부터 1934년 사이에 실시한 농업 정책이다. 한국의 토지 개량을 통해 쌀을 증산하여 일본으로 보내 식량 부족 문제를 해결하겠다는 계획이었다.

노동 쟁의

1920년대 사회주의의 영향을 받아 일어난 노동자와 사용자 사이의 분쟁으로, 값싼 임금 문제와 열악한 노동 조건이 주요 쟁점이었다. 일제가 운영하는 공장에서 주로 발생하였으며, 반일·반제국주의를 내세워 경제적 항일 운동의 성격을 띤다.

자유시 참변

1921년 러시아령 자유시에서 한국 독립군인 사할린 의용대를 러시아 적군(赤軍)이 무장 해제시키는 과정에서 발생한 무력 충돌이다. '흑하사변(黑河事變)'이라고도 한다.

치안 유지법

1925년 일제가 반정부·반체제 운동을 단속하기 위해 제정한 법률이다. 무정부주의, 공산주의 운동 등 일제의 식민지 지배에 저항하는 일체의 사회 운동을 조직하거나 선전하는 자는 중벌에 처하도록 하는 탄압법이었다.

6·10 만세운동

1926년 6월 10일 순종의 출상일을 기하여 학생층을 중심으로 일어난 독립운동으로, 병인 만세운동이라고도 한다. '자주 교육', '타도 일제제국주의', '토지는 농민에게', '8시간 노동제' 등의 내용을 인쇄한 전단을 뿌리면서 대규모 군중 시위 운동을 전개하였다.

상해 임시 정부 국무령 김구

상해 임시 정부는 대통령의 권력 남용을 막기 위해 국무령과 국무원을 선출하여 견제하도록 한 내각책임제를 1925년부터 채택하였는데, 김구는 1926년 12월 국무령으로 선출되었다.

신간회

1927년 1월 민족주의 세력과 사회주의 세력이 연합해 조직한 최대의 합법적 항일 단체이다. 한국의 정치적·경제적 해방과 독립을 위해 국내외에 지회를 설치하고 근검 절약 운동과 청년 운동 지원 활동 등을 전개하였다. 1931년 해산하였다.

동맹 휴학

학생들이 교육 또는 정치적 요구를 관철하기 위한 수단으로 벌이는 집단적인 등교·수업 거부 운동이다. 일제강점기에는 항일 민족 운동의 대표적인 방법으로 활발히 전개되었다.

광주 학생의 맹휴 운동

1929년 광주역에서 한·일 학생 간의 충돌 사건 발생 후, 한국 학생에 대한 일방적인 매도와 처벌로 인해 촉발된 운동이다. 이 사건은 대항일 운동으로 발전했고, 광주 학생들은 동맹 휴교 투쟁에 들어갔다. 이어 가두 투쟁 단계로 넘어가면서, 민족 각 계층의 참여가 이루어졌고, 전국으로 확산되어 1930년 서울에서 3·1운동 이후 최대의 대일 민족 항쟁이 일어나는 계기가 되었다.

소작 쟁의

소작농이 소작 조건 개선을 위하여 지주를 상대로 전개한 농민 운동으로, 한국에서는 주로 일제강점기에 전개되었다. 일제의 토지조사사업, 산미증식계획 등으로 농민의 85퍼센트가 소작농으로 전락한 데다 각종 수탈의 대상이 된 농민이 소작권의 보장, 소작료 감면, 수리조합 반대 투쟁 등을 목적으로 내세운 운동이다. 1919년 최초 발생한 소작쟁의는 초기에는 경제 투쟁이었지만 1930년대 말부터는 일반 독립운동과 합류하면서 정치적 성격의 운동으로 바뀌어 갔다.

만주사변

1931년 9월 18일 일본 관동군의 만주 침략 사건이다. 만주의 이권을 차지하기 위해 일본은 중국 유조호에서 자신들의 관할이던 남만주 철도를 스스로 파괴하고는, 이를 중국 소행으로 몰아붙이며 군사 행동을 개시하여 만주를 점령하였다.

조정래 대하소설

아리랑 청소년판 7

초판 1쇄 2015년 6월 15일

원작 | 조정래
엮음 | 조호상
그림 | 백남원
발행인 | 송영석

펴낸곳 | (株)해냄출판사
등록번호 | 제10-229호
등록일자 | 1988년 5월 11일(설립일자 | 1983년 6월 24일)

121-893 서울시 마포구 잔다리로 30 해냄빌딩 5·6층
대표전화 | 326-1600 **팩스** | 326-1624
홈페이지 | www.hainaim.com

ISBN 978-89-6574-517-4
ISBN 978-89-6574-510-5(세트)

파본은 본사나 구입하신 서점에서 교환하여 드립니다.

이 도서의 국립중앙도서관 출판예정도서목록(CIP)은 서지정보유통지원시스템 홈페이지(http://seoji.nl.go.kr)와 국가자료공동목록시스템(http://www.nl.go.kr/kolisnet)에서 이용하실 수 있습니다.(CIP제어번호: CIP2015014273)